NÃO DIGAM QUE ESTAMOS MORTOS

NÃO DIGAM QUE ESTAMOS MORTOS

DANEZ SMITH

TRADUÇÃO
André Capilé

POSFÁCIO
Ricardo Aleixo

©Bazar do Tempo, 2020
© Danez Smith, 2017

Publicado em acordo com Graywolf Press

Título original: *Don't Call Us Dead*

Todos os direitos reservados e protegidos pela Lei n. 9.610, de 12.2.1998.

É proibida a reprodução total ou parcial sem a expressa anuência da editora.

Este livro foi revisado segundo o Acordo Ortográfico da Língua Portuguesa de 1990, em vigor no Brasil desde 2009.

EDIÇÃO
Ana Cecilia Impellizieri Martins
Maria de Andrade

PRODUÇÃO EDITORIAL
Catarina Lins

TRADUÇÃO
André Capilé

REVISÃO TÉCNICA
Daniel Persia
Lara Norgaard

REVISÃO
Lia Duarte Mota

PROJETO GRÁFICO E CAPA
Leticia Quintilhano

IMAGEM DE CAPA
"Quebranto", de Davi Reis

FOTO DANEZ SMITH
Richard Saker

CIP-BRASIL. CATALOGAÇÃO NA PUBLICAÇÃO
SINDICATO NACIONAL DOS EDITORES DE LIVROS, RJ
S646n

Smith, Danez, 1989-
  Não digam que estamos mortos / Danez Smith ; tradução André Capilé ; posfácio Ricardo Aleixo. - 1. ed. -
  Rio de Janeiro : Bazar do Tempo, 2020.
  224 p. ; 14 x 21 cm.
  Tradução de : Don't Call Us Dead
  ISBN 978-65-86719-45-1
  1. Poesia americana. I. Capilé, André. II. Aleixo, Ricardo. III. Título.
  20-67421   CDD: 811
  CDU: 82-1(73)
  Camila Donis Hartmann - Bibliotecária - CRB-7/6472

 BAZAR DO TEMPO
PRODUÇÕES E EMPREENDIMENTOS CULTURAIS LTDA.

Rua General Dionísio, 53 - Humaitá
22271-050 - Rio de Janeiro - RJ
contato@bazardotempo.com.br
www.bazardotempo.com.br

PARA POOKIE

meu grande dia & amor melhor

13 verão, algum lugar

55 cara américa branca

59 os dinos da rua

65 não vai ser uma bala

67 último verão de inocência

71 uma nota sobre Vaselina

75 uma nota sobre o app do celular que diz a que distância estou da boca de outros homens

79 & até perfis de caras negros dizem *desculpe, não aceito negros*

81 Ó negão Ó

83 . . . negão

85 na choppada dos discretos

87 nu

91 soroconversão

97 medo de agulhas

99 imprudentemente

117 elegia com pixels & porra

121 ladainha com sangue por todo lado

131 começou bem aqui

133 coroa

145 ressaca de sangue

149 1 em cada 2

155 todo dia é um funeral & um milagre

163 não é uma elegia

175 uma nota sobre o corpo

179 você está morta, américa

185 dote estranho

189 esta noite, em Oakland

193 pequena prece

195 sonhe onde toda pessoa negra está de pé junto ao oceano

197 Notas (Danez Smith)

199 Notas da tradução

209 Posfácio **O corpo negro** *queer* **como lugar do poema.
Como poema.** – Ricardo Aleixo

217 Agradecimentos

221 Agradecimentos do tradutor

Oh my God, oh my God
If I die, I'm a legend
[Ó meu Deus, ó meu Deus
Se eu morro, sou uma lenda]
DRAKE

he who wore death discourages any plague
[aquele que veste morte, desencoraja qualquer praga]
SONIA SANCHEZ

SUMMER, SOMEWHERE

somewhere, a sun. below, boys brown
as rye play the dozens & ball, jump

in the air & stay there. boys become new
moons, gum-dark on all sides, beg bruise

-blue water to fly, at least tide, at least
spit back a father or two. i won't get started.

history is what it is. it knows what it did.
bad dog. bad blood. bad day to be a boy

color of a July well spent. but here, not earth
not heaven, we can't recall our white shirts

turned ruby gowns. here, there's no language
for *officer* or *law*, no color to call *white*.

if snow fell, it'd fall black. please, don't call
us dead, call us alive someplace better.

we say our own names when we pray.
we go out for sweets & come back.

   //

VERÃO, ALGUM LUGAR

algum lugar, um sol. lá longe, moleques da cor
dos feijões brincam de bola & de caçoada, pulam

no ar & param por lá. moleques viram luas
novas, breu de boca em todo lado, suplica ao hema-

toma água pra voar, ao menos a maré, ao menos,
cuspisse de volta um pai ou dois. nem entro nessa.

história é o que é. sabe ela o que fez.
cão ruim. sangue ruim. dia ruim pra ser um moleque

da cor de um verão surrado. mas aqui, nem terra
nem céu, não conseguimos lembrar nossas blusas brancas

transformadas em becas rubras. aqui, não há língua
pra *polícia* ou *leis*, cor não há pra chamar de *branca*.

se caísse neve, cairia preta. por favor, não digam
que estamos mortos, digam que estamos vivos num lugar melhor.

dizemos nossos próprios nomes quando rezamos.
saímos atrás de balas & voltamos.

    / /

this is how we are born: come morning
after we cypher/feast/hoop, we dig

a new one from the ground, take
him out his treebox, shake worms

from his braids. sometimes they'll sing
a trapgod hymn (what a first breath!)

sometimes it's they eyes who lead
scanning for bonefleshed men in blue.

we say *congrats, you're a boy again!*
we give him a durag, a bowl, a second chance.

we send him off to wander for a day
or ever, let him pick his new name.

that boy was Trayvon, now called *RainKing*.
that man Sean named himself *i do, i do*.

O, the imagination of a new reborn boy
but most of us settle on *alive*.

//

assim nascemos: ao raiar do dia
após roda de rima/festa/ginga, desencavamos

mais um do chão, o desplantamos
de seu caixote, sacudimos vermes

vindos de suas tranças. às vezes cantam
o hino Vida Loka (um puta primeiro alento!)

às vezes são os olhos que guiam,
rastreiam carne de pescoço em homens fardados.

nós *damos vivas, és um menino de novo!*
nós damos a ele bandana, bagulho, uma forcinha.

o mandamos sair de rolê por um dia
ou além, deixe ele escolher sua alcunha.

aquele moleque era Trayvon, agora atende por *RainKing*.
aquele Sean, um cara que chama a si mesmo *sim, eu aceito.*

ó, o alumbramento de um novo menino renascido
enquanto os mais de nós se contentam em *viver.*

/ /

sometimes a boy is born
right out the sky, dropped from

a bridge between starshine & clay.
one boy showed up pulled behind

a truck, a parade for himself
& his wet red train. years ago

we plucked brothers from branches
peeled their naps from bark.

sometimes a boy walks into his room
then walks out into his new world

still clutching wicked metals. some boys
waded here through their own blood.

does it matter how he got here if we're all here
to dance? grab a boy! spin him around!

if he asks for a kiss, kiss him.
if he asks where he is, say *gone*.

      / /

às vezes um menino nasce
disparado do céu, caído de uma

ponte entre sóis & barro.
um menino apareceu arrastado por

uma carreta, um desfile dele mesmo
& seu rubro rastro molhado. faz uns anos

arrancamos irmãos dos galhos
puxamos seus cachos crespos da casca.

às vezes um menino vai pro quarto
e então sai pro seu novo mundo

ainda atado a metais cruéis. alguns meninos
vadearam a vau em meio ao próprio sangue.

que importa como cá chegou, se cá estamos
todos a dançar? agarre um menino! gira ele!

se ele pedir um beijo, beija ele.
se ele perguntar onde ele está, diga foi-se.

/ /

dear air where you used to be, dear empty Chucks
by front door, dear whatever you are now, dear son

they buried you all business, no ceremony.
cameras, t-shirts, essays, protests

then you were just dead. some nights
i want to dig you up, bury you right.

scrape dirt until my hands are raw
& wounds pack themselves with mud.

i want to dig you up, let it rain twice
before our next good-bye.

dear sprinkler dancer, i can't tell if I'm crying
or i'm the sky, but praise your sweet rot

unstitching under soil, praise dandelions
draining water from your greening, precious flesh.

i'll plant a garden on top
where your hurt stopped.

/ /

caro ar, por onde você andou, caro All Star vazio
na porta da frente, caro tu sei lá o quê agora, caro filho,

te sepultaram todas as burocracias, sem cerimônia.
câmeras, camisas, ensaios, protestos

então você estava apenas morto. algumas noites
quero te desenterrar, te sepultar direito.

raspo a terra até esfolar minhas mãos
& as feridas se encherem de lama.

quero desencavá-lo, que chova dobrado
antes do nosso próximo adeus.

caro regador bailarino, não sei dizer se estou chorando
ou se sou o céu, porém louvo sua doce podridão

descosendo sob o solo, louvo os dentes-de-leão
secando água de sua carne putrefata, preciosa.

vou plantar um jardim por cima
de onde sua dor foi interrompida.

// /

just this morning the sun laid a yellow not-palm
on my face & i woke knowing your hands

were once the only place in the world.
this very morning i woke up

& remembered unparticular Tuesdays
my head in your lap, scalp covered in grease

& your hands, your hands, those hands
my binary gods. Those milk hands, bread hands

hands in the air in church hands, cut-up fish hands
for my own good hands, back talk backhands, hurt more

than me hands, ain't asking no mo' hands
everything i need come from those hands

tired & still grabbing grease, hum
while she makes her son royal onyx hands.

mama, how far am i
gone from home?

//

hoje de manhã o sol pôs uma não palma amarela
na minha cara & acordei sabendo que tuas mãos

já foram o único lugar no mundo.
nessa mesma manhã eu acordei

& recordando terças corriqueiras
minha cabeça no seu colo, cabelo ensebado

& tuas mãos, tuas mãos, tais mãos
meus deuses binários. tais mãos de leite, mãos de pão

mãos ao alto, mãos de aleluias, mãos de peixe fatiado,
pois minhas boas mãos, insolentes mãos, doem mais

que essas mãos, nem não peço mais mão não
pois tudo o que eu preciso vem dessas mãos

fartas & cafuné catando sebo, sussurro
enquanto ela faz pro filho régias mãos de ônix.

mamãe, quão longe
estou de casa?

//

do you know what it's like to live
on land who loves you back?

no need for geography
now, we safe everywhere.

point to whatever you please
& call it church, home, or sweet love.

paradise is a world where everything
is sanctuary & nothing is a gun.

here, if it grows it knows its place
in history. yesterday, a poplar

told me of old forest
heavy with fruits i'd call uncle

bursting red pulp & set afire
harvest of dark wind chimes.

after i fell from its limb
it bandaged me in sap.

/ /

você sabe de fato as vias de viver
numa terra que te devolva amor?

sem precisar de geografia
agora, tamo salvo em qualquer lugar.

aponte para o que quiser
& chame igreja, lar ou doce amor.

paraíso é um mundo onde tudo
é santuário & nada é uma arma.

aqui, se cresce, conhece seu lugar
na história. ontem, uma copaíba

falou-me do velho bosque
prenhe de frutas, que chamaria de tio,

rompendo polpa vermelha & ateando fogo
colheita de sinos de ventos escuros.

após cair de seu galho
enfeixou-me em seiva.

/ /

i loved a boy once & once he made me
a red dirge, skin casket, no burial.

left me to become a hum in a choir
of bug mouths. he was my pastor

in violet velvet, my night nurse
my tumor, my sick heart, my bad blood

all over his Tims. he needed me
so much he had to end me.

i was his fag sucked into ash
his lungs my final resting place.

my baby turned me to smoke
choked on my name 'til it was gone.

i was his secret until i wasn't
alive until not. outside our closet

i found a garden. he would love it
here. he could love me here.

//

amei um garoto uma vez & uma vez ele me fez
uma nênia vermelha, pele-ataúde, sem funeral.

me largou pra tornar um zumbido num coro
de bocas de insetos. era meu pastor

em veludo violeta, meu enfermeiro noturno
meu tumor, meu coração doente, meu sangue ruim

por cima das botas dele. precisava tanto
de mim que teve de me acabar.

fui a bicha chupada cinza pra dentro
dos pulmões dele, o meu jazigo.

meu benzinho me transformou em fumo
engasgou com o meu nome até que se esvaiu.

fui o segredo dele até deixar de ser
vivo até morrer. fora do nosso armário

encontrei um jardim. ele ia gostar muito
daqui. ele poderia me amar aqui.

/ /

dear brother from another
time, today some stars gave in

to the black around them
& i knew it was you.

my ace, my g, my fellow
kingdomless king

they've made you a boy
i don't know

replaced my friend
with a hashtag.

wish i could tell you
his hands are draped

from my neck, but his
shield is shaped like

a badge. i leave revenge
hopelessly to God.

//

querido irmão de outra
era, hoje algumas estrelas cederam

pro preto ao redor
& eu sabia que era você.

meu ás, meu g, meu parça
rei menos o reino

fizeram de você um moleque
que nem sei quem é

substituíram meu amigo
por uma hashtag.

queria poder te contar
que as mãos dele estão penduradas

no meu pescoço, mas este
escudo é tipo um

distintivo. entrego a vingança
desesperadamente pra Deus.

//

last night's dream was a red June
filled with our mouths sticky

with sugar, we tiny teethed brown beasts
of corner stores, fingers always

dusted cheeto gold. do you remember
those yellow months? our calves burned

all day biking each other around on pegs
taking turns being steed & warrior

at the park we stormed like distant shores
our little ashy wars, shoes lit with blue sparks

those summers we chased anybody
who would say our names, jumped fences

just to prove we could jump, fingers stained
piff green with stank, riding around

barely old enough to ride around, dreaming
a world to conquer? i wish you ended me, Sweet Cain.

//

essa noite sonhei um junho vermelho
cheio das nossas bocas meladas

com açúcar, presas miúdas, de nós, bichos brônzeos
de armazéns de esquina, sempre dedos

no pó de ouro cheetos. você se lembra
dos meses amarelos? nossas coxas queimando

pedalando o dia todo nos selins
no troca-troca, ora corcel, ora guerreiro

caímos tempestuosos feito costas distantes
nossa luta de canelas ruças, tênis luzidos com chispas azuis

naqueles verões perseguimos quem quer
que dissesse os nossos nomes, pulamos cercas

pra provar que podíamos pular, dedo amarelo
na marola do verdinho, de rolê por aí

mal tivemos idade pra rodar por aí, sonhando
um mundo pra vencer? queria que me desse fim, Doce Caim.

/ /

if we dream the old world
we wake up hands up.

sometimes we unfuneral a boy
who shot another boy to here

& who was once a reaper we make
a brother, a crush, a husband, a duet

of sweet remission. say the word
i can make any black boy a savior

make him a flock of ravens
his body burst into ebon seraphs.

this, our handcrafted religion.
we are small gods of redemption.

we dance until guilt turns to sweat.
we sweat until we flood & drown.

don't fret, we don't die. they can't kill
the boy on your shirt again.

//

se sonharmos o velho mundo
vamos acordar de mãos ao alto.

às vezes desfuneralizamos um menino
que atirou em outro menino até aqui

& fazemos de quem já foi um ceifador
um irmão, um paquera, um marido, um dueto

de doce remissão. diga a palavra
posso fazer de qualquer menino negro um salvador

faça dele um bando de corvos
corpo explodido em serafins de ébano.

isso, nossa religião artesanal.
somos os pequenos deuses da redenção.

dançamos até a culpa transformar-se em suor.
suamos até nos inundar & nos afogar.

não pilha, nós não morremos. eles não podem matar
o menino em tua camisa de novo.

/ /

the forest is a flock of boys
who never got to grow up

blooming into forever
afros like maple crowns

reaching sap-slow toward sky. watch
Forest run in the rain, branches

melting into paper-soft curls, duck
under the mountain for shelter. watch

the mountain reveal itself a boy.
watch Mountain & Forest playing

in the rain, watch the rain melt everything
into a boy with brown eyes & wet naps —

the lake turns into a boy in the rain
the swamp — a boy in the rain

the fields of lavender — brothers
dancing between the storm.

/ /

o bosque é uma revoada de meninos
que nunca chegou a crescer

florescendo em eternos
afrocrespos feito coroa de aroeira

chegando seivalenta rumo ao céu. ver
Bosque correr na chuva, galhos

derretendo em cachos macios feito papel, esconder-se
sob a montanha pra se abrigar. ver

a montanha a revelar-se um menino.
ver Montanha & Floresta brincando

na chuva, ver a chuva derreter tudo
em um menino de olhos castanhos & crespos úmidos —

o lago se transforma num menino na chuva
o pântano — um menino na chuva

os campos de lavanda — irmãos
dançando entre a tempestade.

      / /

when i want to kiss you
i kiss the ground.

i shout down sirens.
they bring no safety.

my king turned my ache
my one turned into my nothing.

all last month was spent in bed
with your long gone name.

what good is a name
if no one answers back?

i know when the wind feels
as if it's made of hands

& i feel like i'm made of water
it's you trying to save me

from drowning in myself, but i can't
wed wind. i'm not water.

/ /

quando quero te beijar
eu beijo o chão.

calo no esporro altas sirenas.
elas não trazem segurança.

meu rei virou minha dor
meu tudo transformou-se em meu nada.

todo o último mês foi gasto na cama
com seu longo despedido nome.

de que vale um nome
se, chamado, ninguém responde?

eu sei quando sopra o vento
como se fosse feito por mãos

& sinto como se eu fosse feito de água
é você tentando me salvar

de afogar em mim mesmo, mas não posso
casar com vento. não sou água.

//

dear dear
my most distant love —

when i dream of you i wake
in a field so blue i drown.

if you were here, we could play
Eden all day, but fruit here

grows strange, i know before me
here lived something treacherous.

whose arms hold you now
after my paradise grew from chaos?

whose name do you make
thunder the room?

is he a good man?
does he know my face?

does he look like me?
do i keep him up at night?

/ /

dengo dengo
meu mais distante amor —

quando sonho contigo acordo
num campo tão azul que me afogo.

se você estivesse aqui, podíamos jogar
Éden o dia todo, mas frutas aqui

maturam estranho, sei que antes de mim
aqui vivia algo traiçoeiro.

com que braços agarra você agora
após meu paraíso maturar do caos?

com que nome você
estronda a sala?

é ele um homem bom?
ele conhece meu rosto?

ele se parece comigo?
mantenho-o acordado à noite?

/ /

how old am i? today, i'm today.
i'm as old as whatever light touches me.

some nights i'm new as the fire at my feet
some nights i'm a star, glamorous, ancient

& already extinguished. we citizens
of an unpopular heaven

& low-attended crucifixions. listen
i've accepted what i was given

be it my name or be it my ender's verdict.
when i was born, i was born a bull's-eye.

i spent my life arguing how i mattered
until it didn't matter.

who knew my haven
would be my coffin?

dead is the safest i've ever been.
i've never been so alive.

/ /

quantos anos tenho? hoje, estou hoje.
tenho a idade da luz que me tocar.

certas noites sou novo feito o fogo a meus pés
certas noites sou uma estrela, glamourosa, antiga

& já extinta. nós, cidadãos
de um paraíso impopular

& crucificações de baixa audiência. escuta,
aceitei o que me foi dado

seja o meu nome ou veredito daquele que me acabou.
quando nasci, nasci bem no centro do alvo.

gastei minha vida argumentando que eu importava
até que nada mais importou.

quem sabia meu refúgio
seria o meu caixão?

estando morto, nunca estive tão seguro.
eu nunca estive tão vivo.

/ /

if you press your ear to the dirt
you can hear it hum, not like it's filled

with beetles & other low gods
but like a tongue rot with gospel

& other glories. listen to the dirt
crescendo a kid back.

come. celebrate. this
is everyday. everyday

holy. everyday high
holiday. everyday new

year. every year, days get longer.
time clogged with boys. the boys

O the boys. they still come
in droves. the old world

keeps choking them. our new one
can't stop spitting them out.

/ /

se apertar teu ouvido na terra
pode ouvi-la murmurar, não como se estivesse abarrotada

com besouros & outros deuses pífios
mas feito língua apodrecida de evangelho

& outras glórias. escuta a terra
devolver uma criança em *crescendo*.

vem. comemora. isso
é todo dia. todo dia

santo. todo dia sábado
de aleluia. todo dia ano

novo. a cada ano, os dias ficam mais longos.
o tempo entalado de moleques. os moleques

Ó os moleques. eles ainda vêm
em bandos. o velho mundo

continua a sufocá-los. nosso mundo novo
não consegue parar de cuspi-los.

    / /

dear ghost i made

i was raised with a healthy fear of the dark.
i turned the light bright, but you just kept

being born, kept coming for me, kept being
so dark, i got sca . . . i was doing my job.

/ /

caro fantasma que fiz

fui criado com medo salutar do breu.
acendi o clarão da luz, mas você continuou

nascendo, continuou vindo a mim, continuou sendo
tão breu, fiquei assus. . . estava fazendo meu trabalho.

/ /

dear badge number

what did i do wrong?
be born? be black? meet you?

//

caro número de distintivo

o que eu fiz errado?
nascer? ser preto? te conhecer?

//

ask the mountainboy to put you on
his shoulders if you want to see

the old world, ask him for some lean
-in & you'll be home. step off him

& walk around your block.
grow wings & fly above your city.

all the guns fire toward heaven.
warning shots mince your feathers.

fall back to the metal-less side
of the mountainboy, cry if you need to.

that world of laws rendered us into dark
matter. we asked for nothing but our names

in a mouth we've known
for decades. some were blessed

to know the mouth.
our decades betrayed us.

  //

pede ao moleque-montanha pra te colocar
nos ombros se você quiser ver

o velho mundo, pede a ele uma mão
-zinha & estará em casa. afaste-se dele

& dê um rolê por seu quarteirão.
crie asas & sobrevoe sua cidade.

todas as armas atiram pro céu.
tiros de aviso picam suas penas.

recue para as bandas sem metal
do moleque-montanha; chore, se precisar.

esse mundo de leis nos tornou matéria
escura. não pedíamos nada senão os nossos nomes

numa boca que conhecemos
há décadas. alguns foram abençoados

por conhecer a boca.
nossas décadas nos traíram.

/ /

there, i drowned, back before, once.
there, i knew how to swim, but couldn't.

there, men stood by shore & watched me blue.
there, i was a dead fish, the river's prince.

there, i had a face & then didn't.
there, my mother cried over me, open casket

but i wasn't there. i was here, by my own
water, singing a song i learned somewhere

south of somewhere worse.
now, everywhere i am is

the center of everything. i must
be the lord of something.

what was i before? a boy? a son?
a warning? a myth? i whistled

now i'm the god of whistling.
i built my Olympia downstream.

/ /

lá, eu me afoguei, antes, uma vez.
lá, eu sabia nadar, mas não conseguia.

lá, os caras pararam na praia & me olhavam azular.
lá, eu era um peixe morto, o príncipe do rio.

lá, eu tinha um rosto & depois não.
lá, minha mãe chorou por mim, o ataúde aberto

mas eu não estava lá. estava aqui, margem de minha própria
água, a cantar a canção que aprendi algures

ao sul do pior lugar.
agora, onde quer que eu esteja é

o centro de tudo. eu devo
ser o senhor de alguma coisa.

o que eu era antes? um moleque? um filho?
um aviso? um mito? assobiei

agora sou o deus do assobiar.
construí meu Olimpo rio abaixo.

/ /

you are not welcome here. trust
the trip will kill you. go home.

we earned this paradise
by a death we didn't deserve.

i'm sure there are other heres.
a somewhere for every kind

of somebody, a heaven of brown
girls braiding on golden stoops

but here —

        how could i ever explain to you —

    someone prayed we'd rest in peace
    & here we are

    in peace   whole all   summer

você não é bem-vindo aqui. confia,
a viagem vai te matar. vá pra casa.

nós conquistamos esse paraíso
por uma morte que não merecíamos.

com certeza existem outros aquis.
um lugar qualquer pra qualquer tipo

de alguém, um céu de meninas
negras que se trançam em varandas douradas

mas aqui —

   como é que posso explicar pra você —

  alguém rezou pra descansarmos em paz
  & aqui estamos

  em paz   por todo   verão

DEAR WHITE AMERICA

i've left Earth in search of darker planets, a solar system revolving too near a black hole. i've left in search of a new God. i do not trust the God you have given us. my grandmother's hallelujah is only outdone by the fear she nurses every time the bloodfat summer swallows another child who used to sing in the choir. take your God back. though his songs are beautiful, his miracles are inconsistent. i want the fate of Lazarus for Renisha, want Chucky, Bo, Meech, Trayvon, Sean & Jonylah risen three days after their entombing, their ghost re-gifted flesh & blood, their flesh & blood re-gifted their children. i've left Earth, i am equal parts sick of your *go back to Africa* & *i just don't see race*. neither did the poplar tree. we did not build your boats (though we did leave a trail of kin to guide us home). we did not build your prisons (though we did & we fill them too). we did not ask to be part of your America (though are we not America? her joints brittle & dragging a ripped gown through Oakland?). i can't stand your ground. i'm sick of calling your recklessness the law. each night, i count my brothers. & in the morning, when some do not survive to be counted, i count the holes they leave. i reach for black folks & touch only air. your master magic trick, America. now he's breathing, now he don't. abra-cadaver. white bread voodoo. sorcery you claim not to practice, hand my cousin a pistol to do your work. i tried, white people. i tried to love you, but you spent my brother's funeral making plans for brunch, talking too loud next to his bones. you took one look at the river, plump with the body of boy after girl after sweet boi & ask *why does it always have to be about race?* because you made it that way! because you

CARA AMÉRICA BRANCA

deixei a Terra em busca de planetas mais escuros, um sistema solar rodando bem perto de um buraco negro. parti em busca de um novo Deus. eu não confio no Deus que nos foi dado. o aleluia de vovó só é superado pelo temor que ela nutre toda vez que o verão sangueseboso engole outra criança que costumava cantar no coral. leva seu Deus daqui. embora suas canções sejam lindas, seus milagres são inconsistentes. eu quero a fortuna de Lázaro para Renisha, quero que Chucky, Bo, Meech, Trayvon, Sean & Jonylah ressuscitem três dias após seus sepultamentos, seus fantasmas reofertados carne & sangue, carne & sangue reofertados a suas crias. deixei a Terra, tô tão de saco cheio do seu *volta pra África* quanto do seu *não enxergo raça*. tampouco os álamos. não construímos seus barcos (embora deixássemos uma trilha de ancestrais pra nos guiar pra casa). não construímos suas prisões (embora, sim, as construíssemos & também as lotássemos). não pedimos pra fazer parte da sua América (não somos a América, apesar de? seus frágeis nós, arrastando um vestido esfarrapado por Oakland?). firme, não suporto o chão dos seus fundamentos. tô de saco cheio de chamar tua imprudência de lei. cada noite conto meus irmãos. & pela manhã, quando alguns não sobrevivem pra serem contados, conto as covas que deixaram. estendo a mão ao povo preto & toco apenas o ar. seu truque de mestre, América. ora ele respira, ora não. abracadáver. macumba pra turista, feitiço que alega não praticar. dá logo uma pistola ao meu primo pra fazer o trampo por vocês. eu tentei, gente branca. tentei branquelos, mas passaram o funeral do meu mano fazendo planos prum cafezinho, falando alto demais ao lado de seus ossos. vocês deram uma

put an asterisk on my sister's gorgeous face! call her pretty (for a black girl)! because black girls go missing without so much as a whisper of where?! because there are no amber alerts for amber-skinned girls! because Jordan boomed. because Emmett whistled. because Huey P. spoke. because Martin preached. because black boys can always be too loud to live. because it's taken my papa's & my grandma's time, my father's time, my mother's time, my aunt's time, my uncle's time, my brother's & my sister's time . . . how much time do you want for your progress? i've left Earth to find a place where my kin can be safe, where black people ain't but people the same color as the good, wet earth, until that means something, until then i bid you well, i bid you war, i bid you our lives to gamble with no more. i've left Earth & i am touching everything you beg your telescopes to show you. i'm giving the stars their right names. & this life, this new story & history you cannot steal or sell or cast overboard or hang or beat or drown or own or redline or shackle or silence or cheat or choke or cover up or jail or shoot or jail or shoot or jail or shoot or ruin

this, if only this one, is ours.

olhada no rio o corpo inchado do menino depois da menina & depois da bofinha & perguntam: *por que é que é sempre uma questão de raça?* porque vocês insistem que seja sempre assim! porque você marcou um asterisco no rosto lindo da minha irmã! chamou-a de bonita (pra uma garota negra)! porque cargas d'água meninas negras desaparecem sem nenhum sussurro?! porque não há *amber alerts* pra meninas de pele âmbar! porque Jordan explodiu. porque Emmett assobiou. porque Huey P. falou. porque Martin pregou. porque meninos negros sempre podem ser espalhafatosos demais pra viver. porque tomaram o tempo do meu avô e da minha avó, o tempo do meu pai, o tempo da minha mãe, o tempo da minha tia, o tempo do meu tio, o tempo do meu irmão e da minha irmã... quanto tempo você quer pra alcançar seu progresso? eu deixei a Terra pra encontrar um lugar onde os da minha cepa possam estar a salvo, onde os negros não são senão pessoas da mesma cor que a terra boa e úmida, até que isso exprima alguma coisa, eu desejo a vocês, bem, desejo guerra a vocês, dou-lhes nossas vidas pra apostar nada mais. deixei a Terra & toco em tudo que pedem a seus telescópios pra lhes mostrar. estou dando às estrelas o nome certo. & esta vida & esta nova história, esta história que não podem nos roubar, nem vender ou lançar ao mar, nem enforcar, espancar ou afogar, nem adonar ou balizar, nem berrar, silenciar ou enganar, nem asfixiar ou disfarçar, nem prender ou atirar, prender ou atirar, prender ou atirar, nem arruinar

isso, ainda que apenas isso, é nosso.

DINOSAURS IN THE HOOD

let's make a movie called *Dinosaurs in the Hood*.
Jurassic Park meets *Friday* meets *The Pursuit of Happyness*.
there should be a scene where a little black boy is playing
with a toy dinosaur on the bus, then looks out the window
& sees the *T. rex*, because there has to be a *T. rex*.

don't let Tarantino direct this. in his version, the boy plays
with a gun, the metaphor: black boys toy with their own lives
the foreshadow to his end, the spitting image of his father.
nah, the kid has a plastic brontosaurus or triceratops
& this is his proof of magic or God or Santa. i want a scene

where a cop car gets pooped on by a pterodactyl, a scene
where the corner store turns into a battleground. don't let
the Wayans brothers in this movie. i don't want any racist shit
about Asian people or overused Latino stereotypes.
this movie is about a neighborhood of royal folks —

children of slaves & immigrants & addicts & exile — saving their town
from real ass dinosaurs. i don't want some cheesy, yet progressive
Hmong sexy hot dude hero with a funny, yet strong, commanding
Black girl buddy-cop film. this is not a vehicle for Will Smith
& Sofia Vergara. i want grandmas on the front porch taking out raptors

OS DINOS DA RUA

vamos fazer um filme chamado *Os Dinos da Rua*.
um passeio pelo *Parque dos Dinossauros Sexta-Feira em*
                            [*Apuros À Procura da Felicidade.*
tem de haver uma cena em que um menininho negro brinca
com um Dino Papa Tudo no ônibus, depois olha pela janela
& vê o *T. rex*, porque tem que aparecer um *T. rex*.

não deixa o Tarantino dirigir isso. na versão dele, o menino brinca
com uma arma, a metáfora: meninos negros jogam com suas próprias vidas
o prenúncio de seu fim, a imagem cuspida e escarrada de seu pai.
bah, a criança tem um brontossauro ou triceratope de plástico
& essa é a prova de sua mágica ou de Deus ou de Papai Noel. quero uma cena

onde um pterodátilo caga no carro dos canas, uma cena
em que a loja da esquina se transforma num campo de batalha. não deixa
os irmãos Wayans neste filme. não quero nada dessa merda racista
sobre sujeitos asiáticos ou estereótipos exagerados de latinos.
este filme é sobre um bairro de nobres cidadãos —

filhos de escravos & imigrantes & drogados & exílio — salvando sua cidade
de dinossauros reais pacaralho. não quero um filme policial cafona, mas
                            [progressista
com um herói Hmong, sexy e fodão, que tem uma parceira negra engraçada,
porém forte e imponente, fazendo o tira bom na fita. só que não vai ser
                            [estrelado

with guns they hid in walls & under mattresses. i want those little spitty
screamy dinosaurs. i want Cicely Tyson to make a speech, maybe two.
i want Viola Davis to save the city in the last scene with a black fist afro pick
through the last dinosaur's long, cold-blood neck. But this can't be
a black movie. this can't be a black movie. this movie can't be dismissed

because of its cast or its audience. this movie can't be metaphor
for black people & extinction. This movie can't be about race.
this movie can't be about black pain or cause black pain.
this movie can't be about a long history of having a long history with hurt.
this movie can't be about race. nobody can say nigga in this movie

who can't say it to my face in public. no chicken jokes in this movie.
no bullet holes in the heroes. & no one kills the black boy. & no one kills
the black boy. & no one kills the black boy. besides, the only reason
i want to make this is for the first scene anyway: little black boy
on the bus with his toy dinosaur, his eyes wide & endless

his dreams possible, pulsing, & right there.

por Will Smith & Sofia Vergara. eu quero vovós de infantaria na varanda
[derrubando pterossauros

com as armas delas ocultas nas paredes & sob os colchões. eu quero
[dinossaurinhos
que babam histericamente. eu quero que Cicely Tyson faça um discurso,
[talvez dois.
eu quero que Viola Davis salve a cidade na cena final com um golpe de
[afropunho
atravessando o longo pescoço do último dinossauro de sangue frio. mas
[isso não pode ser
cinema negro. isso não pode ser cinema negro. este filme não pode ser
[desprezado

por conta de seu elenco ou público. este filme não pode ser uma metáfora
pra pessoas negras & extinção. este filme não pode ser sobre raça.
este filme não pode ser sobre a dor do negro ou causar dor ao negro.
este filme não pode ser sobre uma longa história de haver uma longa
[história de mágoa.
este filme não pode ser sobre raça. ninguém pode dizer negão neste filme

se não pode dizer isso na minha cara em público. sem piadas de frango
neste filme.
sem buracos de bala nos heróis. & ninguém mata o menino negro. &
[ninguém mata o
menino negro. & ninguém mata o menino negro. além disso, a única razão
de eu querer fazer isso reside na primeira cena, de qualquer maneira:
[o menininho negro

no ônibus com seu Dino Papa Tudo, os olhos arregalados & no infinito

os seus sonhos possíveis, pulsando & bem ali.

IT WON'T BE A BULLET

becoming a little moon — brightwarm in me one night.
thank god. i can go quietly. the doctor will explain death
& i'll go practice.

in the catalogue of ways to kill a black boy, find me
buried between the pages stuck together
with red stick. ironic, predictable. look at me.

i'm not the kind of black man who dies on the news.
i'm the kind who grows thinner & thinner & thinner
until light outweighs us, & we become it, family
gathered around my barely body telling me to go
toward myself.

NÃO VAI SER UMA BALA

virando uma luazinha — incandescente em mim uma noite.
deus, graças. posso ir em silêncio. o doutor explicará a morte
& eu vou praticar.

no catálogo das maneiras de matar um menino negro, encontre-me
enterrado por entre as páginas grudadas
com marcador vermelho. irônico, previsível. olha pra mim.

não sou o tipo de homem negro que morre nas notícias.
sou do tipo que cresce fino & fino & fino
até que a luz nos supere, & nos tornemos isto, família
junta em volta de meu corpo escasso dizendo-me que eu vá
em direção a mim mesmo.

LAST SUMMER OF INNOCENCE

there was Noella who knew i was sweet
but cared enough to bother with me

that summer when nobody died
except for boys from other schools

but not us, for which our mothers
lifted his holy name & even let us skip

some Sundays to go to the park
or be where we had no business being

talking to girls who had no interest
in us, who flocked to their new hips

dumb birds we were, nectar high
& singing all around them, preening

waves all day, white beater & our best
basketball shorts, the flyest shoes

our mamas could buy hot, line-up fresh
from someone's porch, someone's uncle

cutting heads round the corner cutting
eyes at the mothers of girls i pretended

ÚLTIMO VERÃO DE INOCÊNCIA

havia a Noella que sabia que eu era doce
e se preocupava a ponto de zelar por mim

no tal verão quando ninguém morreu
fora os meninos de outras escolas

mas nós não, pelos quais as nossas mães
rogaram santo nome & até nos deixaram pular

alguns domingos pra ir até o parque
ou estar onde não era pra estarmos

falando com garotas que não davam bola
pra nós, a flutuar em seus novos rebolados

pássaros tontos estávamos, chapados de néctar
& cantando ao redor deles, aparando

ondas o dia todo, regata branca & nosso melhor
calção de basquete, tênis maneiros

que nossas mamães podiam comprar no bazar, nas cordas
de varal da varanda de alguém, o tio de alguém

quebrando o pescoço na esquina lançando
olhares pras mães de garotas que fingi

to praise. i showed off for girls
but stared at my stupid, boney crew.

i knew the word for what i was
but couldn't think it. i played football

& believed its salvation, its antidote.
when Noella n 'nem didn't come out

& instead we turned our attention
to our wild legs, narrow arms & pig skin

i spent all day in my brothers' arms
& wanted that to be forever —

boy after boy after boy after boy
pulling me down into the dirt.

elogiar. eu me mostrei pras garotas, mas
encarei minha estúpida trupe esquálida.

eu sacava o termo pro que eu era
mas não me vinha à ideia. eu joguei futebol

& acreditei em sua salvação, em seu antídoto.
quando Noella e a galera resolveram não sair

&, em vez disso, voltamos nossa atenção
às nossas pernas tesas, braços tensos & couro claro

passei o dia todo abraçado aos meus irmãos
& queria que isso fosse pra sempre —

garoto após garoto após garoto após garoto
me puxando pro fundo pra dentro da terra.

A NOTE ON VASELINE

praise the wet music of frantic palms
plastic toilet cushion & shiny fingers

your eyes shut, rebuilding how Sherrie bent
over in math or how Latrell walked around

after gym class, his underwear too small
& brand-new manhood undeniable. praise

the endless tub of grease. it's been the same
empty but not empty your whole life.

this very same Vaseline you're using to polish
your favorite body part was used by your mama

to slick her face when Ms. Lorelle from over
on Hague St. called her a frog-eyed bitch

back in '76, same grease your auntie used to make
a disco ball of her small, brown mouth when she

decided it was time to put it on Craig at the skating rink.
this same family-sized tub has been young

with all your elders, soothed Grandpa's gout
Grandma's fryer burns & Saturday morning bruises.

UMA NOTA SOBRE VASELINA

louve a música úmida das palmas frenéticas
assento sanitário de plástico & dedos brilhosos

teus olhos fechados, lembram como Sherrie desdobrou-se
em matemática, ou como Latrell deu um rolê por aí

depois da educação física, em sua cuequinha
& inegável novíssima macheza. louve

o infindável pote de lubrificante. tem sido o mesmo
vazio, mas não vazio em toda a tua vida.

esta mesma Vaselina usada por você pra polir
a parte favorita do teu corpo, tua mãe usou

pra lambuzar o rosto quando a dona Lorelle, lá da
r. Haia, a chamava de puta zói-de-lula

nos idos de 76, o mesmo lubrificante que a tua tia usava
pra fazer um globo espelhado da boca preta e miúda dela, quando

decidiu ser hora de pô-lo em Craig no rinque de patinação.
este mesmo pote tamanho família, que tem sido jovial

com todos os teus anciãos, acalmou a gota do Vovô,
a Vovó queimada de fritura & os hematomas das manhãs de sábado.

praise petroleum. how oily & blessed
the space between your fingers

supple blade between thumb & index
sends you to the guts of stars

remember this grip when men use the stuff
to prepare you for their want, when they leave you

throbbing, tender, & whistling from the wrong mouth
your bones replaced by yokes. you will never have enough

spit, & this is how men will want you always: slug slime
slick of a man, twitching tunnel of left hands.

louvai o petróleo. quão graxo & bendito
o espaço por entre os teus dedos

lâmina flexível entre polegar & indicador
te envia pras entranhas das estrelas

lembre deste aperto quando os caras usarem a coisa
a te preparar pro desejo deles, quando te largarem

latejando, tenro, & assobiando pela boca errada,
teus ossos trocados por jugos. você nunca terá suficiente

cuspe, & é assim que os caras vão te querer sempre: lesma limo
liso de um homem, contramãos de túnel convulsivo.

A NOTE ON THE PHONE APP THAT TELLS ME HOW FAR
I AM FROM OTHER MEN'S MOUTHS

headless horsehung horsemen gallop to my gate
dressed in pictures stolen off Google

men of every tribe mark their doors in blood
No Fats, No Fems, No Blacks, Sorry, Just A Preference :)

i'm offered eight mouths, three asses, & four dicks before i'm given
a name, i offer my body to pictures with eyes

the three men who say they weigh more than 250 pounds
fill their profiles with pictures of landscapes, sunsets
write lovely sonnets about their lonely & good tongues

men with abs between their abs write *ask* or *probably not interested in you*

the boy down the street won't stop messaging me, i keep not
[responding
i thought about blocking him, but i don't want him to think i am
[dead

a man says *sup*, i say *chillin, you?* he says *word, so we fuckin or what?*
i never found out what or what was

ThEre Is ThIs OnE gUy WhO sPeLlS EvErYtHiNg LiKe ThIs

everyone on the app says they hate the app but no one stops

UMA NOTA SOBRE O APP DO CELULAR QUE DIZ A QUE DISTÂNCIA
ESTOU DA BOCA DE OUTROS HOMENS

descabeçados cavaleiros a cavalo no laço galopam ao meu portão
montados em fotos furtadas do Google

caras de todas as tribos marcam suas portas em sangue
Nem Gordos, Nem Monas, Nem Pretos, Foi Mal, A Teu Dispor :)

me ofereceram oito bocas, três mulas & quatro picas, antes de me dar
uma alcunha, eu oferto meu corpo a fotos com olhos

os três caras que dizem pesar mais de 100 quilos
preenchem seus perfis com fotos de paisagens, pores do sol
fazem sonetos fofos sobre estarem sós & línguas tesas

os barrigas de tanquinho entre tanquinhos
[escrevem *perguntar* ou *não tô nem aí pra você*

o mocinho do bairro não para de me mandar mensagens,
[continuo não respondendo
pensei em bloqueá-lo, mas não quero que ele pense que tô morto

um cara diz, *eaí*; eu digo, *sussa, e tu?*; ele diz, *fala, então, a gente trepa*
[*ou sai de cima?*
eu nunca saquei *qualé* que era

TeM lÁ esSe CaMaRaDa qUe DiGiTa tIpO aSsIm

geral no aplicativo diz que odeia aplicativo, mas ninguém larga

75

i sit on the train, eyeing men, begging myself
to talk to them

i sit on the face of a man i just met

he whispers his name into my lower mouth

i sing a song about being alone

eu sento no vagão, visando os caras, suplicando a mim mesmo pra falar com eles

eu sento na cara de um cara que acabei de conhecer

ele sussurra seu nome no chão da minha boca

eu canto uma canção sobre estar só

& EVEN THE BLACK GUY'S PROFILE READS *SORRY, NO BLACK GUYS*

imagine a tulip, upon seeing a garden full of tulips, sheds its petals in disgust, prays some bee will bring its pollen to a rose bush. imagine shadows longing for a room with light in every direction. you look in the mirror & see a man you refuse to love. small child sleeping near Clorox, dreaming of soap suds & milk, if no one has told you, you are beautiful & lovable & black & enough & so — you pretty you — am i.

& ATÉ PERFIS DE CARAS NEGROS DIZEM *DESCULPE, NÃO ACEITO NEGROS*

imagina uma tulipa, ao ver um jardim cheio de tulipas, a derramar suas pétalas com nojo, em prece pra que alguma abelha pouse seu pólen em uma roseira. imagine sombras desejando uma sala com luz por todo canto. você olha no espelho & vê um homem que te recusa o amar. criancinha dormindo perto do Omo, sonhando com bolhas de sabão & leite, se ninguém te disse, você é magnífico & amável & negro & basta & então — você lindo você — sou eu.

O NIGGA O

the above is

a. the sound i made when he was most inside me

b. the word escaping his Georgia mouth to my yank ear

c. his face when he was most inside me

d. the original title of *Othello*

ANSWER: your first sonogram, a picture of you inside of your mother, the only thing the doctor knew you were

Ó NEGÃO Ó

o dito acima é

a. o som que fiz quando ele enfiou mais dentro de mim

b. a palavra que escapa das bocas do sul pra minha escuta lá do norte

c. sua cara quando enfiou mais dentro de mim

d. o título original de *Otelo*

RESPOSTA: teu primeiro ultrassom, uma foto tua dentro de sua mãe, a única coisa que o médico sabia que você era

... NIGGA

somewhere a white boy is in his room, in the lunchroom, in the car, with his father, alone, in the dark, under his breath, as a battle cry, with the song, only with his white friends, in his lover's ear, when he's 8, when he's 40, as he comes, as tradition, as the punch line, just to try it nigga[1]

1. he means all of us

...NEGÃO

em algum lugar um garoto branco está em seu quarto, na lanchonete, no carro, com seu pai, sozinho, no escuro, suspirando baixinho, como um grito de guerra, com a canção, apenas com seus amigos brancos, no ouvido do amante, quando tem 8 anos, quando tem 40 anos, do jeito que vier, como tradição, uma sacada, apenas para testá-lo negão[1]

1. todos nós é o que ele quer dizer

AT THE DOWN-LOW HOUSE PARTY

don't expect no nigga to dance.
we drink hen, hold the wall

graze an elbow & pray it last forever.
everybody wants to touch a nigga, but don't.

we say *wats gud* meaning *i could love you until my jaw
is but memory*, we say *yo* meaning *let my body*

be a falcon's talon & your body be the soft innards of goats
but we mostly say nothing, just sip

some good brown trying to get drunk
with permission. sometime between here

& being straight again, some sweet
boned, glittering boi shows up, starts voguing & shit

his sharp hips pierce our desire, make our mouths water
& water & we call him *faggot* meaning *bravery*

faggot meaning *often dream
of you, flesh damp & confused for mine*

faggot meaning *Hail the queen! Hail the queen!*
faggot meaning *i been waited ages to dance with you.*

NA CHOPPADA DOS DISCRETOS

não espere nenhum negão dançar.
bebemos domecq segurando o balcão

em cotovelos escorados & preces pra que dure eternamente.
todo mundo quer tocar um negão, só que não.

dizemos *tá bão* quer dizer *poderia te amar até os dentes*
são apenas memórias, dizemos *ei ô* quer dizer *deixa meu corpo*

ser a garra de um falcão & teu corpo ser as vísceras macias de cabras
mas geralmente não dizemos nada, só um gole

de um bom bourbon tentando ficar bêbado
com permissão. em algum momento entre aqui

& bancar o hétero de novo, alguma amável
magrelinha, bofinha brilhosa que chega, começa a vogue & eita

suas ancas afiadas perfuram nosso desejo, fazem nossas bocas aguar
& aguar & o chamamos *viado* quer dizer *arrasa,*

viado quer dizer *amiúde sonhar*
com você, carne úmida & misturada com a minha

viado quer dizer *Salve a rainha! Salve a rainha!*
viado quer dizer *me esperou séculos pra dançar com você.*

BARE

for you i'd send my body to battle
my body, let my blood sing of tearing

itself apart, hollow cords
of white knights' intravenous joust.

love, I want & barely know how
to do much else. don't speak to me

about raids you could loose on me
the clan of rebel cells who thirst

to watch their home burn. love
let me burn if it means you

& i have one night with no barrier
but skin. this isn't about danger

but about faith, about being wasted
on your name. if love is a room

of broken glass, leave me to dance
until my feet are memory.

if love is a hole wide enough
to be God's mouth, let me plunge

into that holy dark & forget
the color of light. love, stay

NU

por você mandaria meu corpo lutar
contra meu corpo, deixaria meu sangue cantar

de rasgar-se aos pedaços, cordas ocas
do combate intravenoso dos cavaleiros brancos.

amor, eu quero & mal sei como
fazer muito mais. não fale comigo

sobre assaltos que poderia soltar sobre mim
o clã de células rebeldes ansiando

assistir ao incêndio do lar. amor,
me põe incêndio, se significar que tu

& eu temos uma noite sem barreiras,
exceto a pele. não se trata de perigo,

mas de crença, de ser desperdiçado
em seu nome. se o amor é um quarto

de vidraças partidas, deixe-me dançar
até que meus pés sejam só memória.

se o amor é um buraco largo o bastante
pra ser a boca de Deus, deixe-me abismar

dentro da treva sagrada & esquecer
o colorido da luz. amor, fique

in me until our bodies forget
what divides us, until your hands

are my hands & your blood
is my blood & your name

is my name & his & his

em mim até que nossos corpos esqueçam

o que nos divide, até que suas mãos

sejam minhas mãos & seu sangue

seja meu sangue & seu nome

seja meu nome & o dele & o dele

SEROCONVERSION

i.

two boys are in bed on a Tuesday afternoon &
neither knows the other's name for they just met
this morning on their phones & were 1.2 miles from
each other & so now lay together & one boy reaches
his bare hand inside the other, pulls out a parade
of fantastic beasts: lions with house fly wings, fish
who thrive in boiling water, horses who've learned
to sleep while running. he pulls out beasts, one by
one, until all the magic is gone & the gutted boy
turns into a pig. pig boy & boy spend a day with
no language & the boy, hearing no protest, splits
the pig open & crawls right in, & the pig, not one
to protest, divides in half & lets the boy think he
split him. when they're finished, they dress & part
& never forget what happened. how can they? the
boy's still covered in pig blood, the pig's still split.

SOROCONVERSÃO

i.

dois meninos estão na cama numa terça à tarde &
um nem sabe o nome do outro porque só se
conheceram esta manhã em seus celulares &
estavam a 2 km um do outro & agora se deitam
agarradinhos & um menino mete a mão nua dentro
do outro, puxa um desfile de feras fantásticas: leões
de casaca asas de mosca, peixes prósperos em água
ebulindo, corcéis instruídos a dormir enquanto
galopam. ele puxa as feras, uma a uma, até que toda
a magia se esgote & o menino estripado vire um
porco. o menino porco & o menino gastam um dia
sem língua & o menino, sem ouvir reclamação, parte
o porco & rasteja adentro, & o porco, que não é de
reclamar, divide-se ao meio & deixa o menino achar
que o partiu. quando eles terminam, vestem-se
& separam-se & nunca esquecem o ocorrido. como
eles podem? o menino ainda está coberto no sangue
do porco, o porco ainda está partido.

ii.

the god of shovels visits the god of soil.
obvious things happen. in the hole made
out of the god of soil, the god of shovels
places a red flower given to him by the god
of shadows. it's not until the god of shovels
is leaving that the soil god notices the shovel
god's back covered in red, honeyhot thorns,
then looks at his thighs, sees little ruby
tongues sprouting.

iii.

there was a boy made of bad teeth & boy made of
stale bread & together they were a hot mouth making
mush out of yeasty stones & in the end the one made
of bad teeth walked away broken jawed, sick with
hunger & the one made of stale bread walked away
half of himself, his softness proved a lie & what
remains left for unparticular birds.

ii.

o deus das pás visita o deus do solo. coisas óbvias
ocorrem. no buraco feito do deus do solo, o deus
das pás põe uma flor vermelha dada a ele pelo deus
das sombras. e, apenas quando o deus das pás está
partindo, o deus do solo nota as costas do deus das
pás cobertas de vermelho, com espinhos de mel,
depois olha suas coxas, vê pequenas línguas rubras
brotando.

iii.

havia um menino feito de dentes podres & um menino feito de
pão bolorento & juntos eles eram uma boca quente fazendo
mingau de pedras levedadas &, no final, o feito de dentes
podres saiu fora com a mandíbula quebrada, doente de fome &
aquele feito de pão bolorento meio que saiu fora de si mesmo,
sua suavidade provou-se uma mentira & o que resta a pássaros
corriqueiros.

iv.

on a quiet day, filled with not enough questions, a prince demands the gates opened, for a fair princess has come to see him. when the gates come up, an endless flood of soldiers bum-rush the town, turning everything to fire: the homes, the husbands, the places where the people learned to dance. the princess brings the prince before her, he looks at her with eyes that ask *how could you?* & she looks back with eyes that say *they said i was a princess, that I'd come to see you, but you assumed flowers when i prefer a bouquet of swords.*

v.

one day, the boy with a difficult name laid with a boy who shall remain nameless in the sun & they rolled around waiting for something to burn. the next day, the boy with the difficult name woke up in a blue sweat, walked the rim of the lake & though nothing burned, something was growing from ashes, for mosquitos flew away from his skin, ticks latched onto his ankle & turned to smoke, weeds & willows bowed green spines to him & he swore he heard the dirt singing his name

saying it right

iv.

num dia calmo, cheio de tão poucas perguntas, um prínci-
pe exige que os portões sejam abertos, pois uma princesa
justa veio vê-lo. quando os portões se erguem, uma multi-
dão infindável de soldados assalta a cidade, transforman-
do tudo em fogo: as casas, os maridos, os lugares onde as
pessoas aprendem a dançar. a princesa trouxe o príncipe
à sua frente, ele olha pra ela com olhos que perguntam
como você pôde? & ela olha contra olhos que dizem *disse-*
ram que eu era uma princesa, que eu vim te ver, mas você
assumiu flores quando eu prefiro um buquê de espadas.

v.

um dia, o menino com um nome difícil deitou
com um menino que permanecerá inominado
sob o sol & eles rolaram à espera de algo quei-
mar. no dia seguinte, o menino de nome difícil
acordou suando azul, caminhou à margem do
lago &, embora nada queimasse, algo estava
crescendo das cinzas, pois mosquitos voaram
de sua pele, carrapatos grudaram no tornozelo
& se transformaram em fumaça, ervas & sal-
gueiros curvaram espinhos verdes pra ele &
ele jurou que ouviu a terra cantando seu nome

falando do jeito certo

FEAR OF NEEDLES

instead of getting tested
you take a blade to your palm
hold your ear to the wound

MEDO DE AGULHAS

em vez de fazer o teste
você pega na palma da mão uma lâmina
e aperta tua orelha na ferida

RECKLESSLY

for Michael Johnson

the bloodprison leads to prison

    jail doubles as quarantine

chest to chest, men are silent

    you're under arrest, under a spell

are you on treatment? PrEP? (*wats dat?*)

    venom:sin:snake:cocksize

        i got the cellblock blues

    the diagnosis is judgment enough

you got the suga? the clap? the mumps?

    i say *mercy, danger* & white boys hear what they want

it was summer & everyone wanted to be in love

    i been drankin, I been drankin

i just wanna dance with somebody

    it could all be so simple

        but you don't know my name

    don't ask. don't tell

IMPRUDENTEMENTE

para Michael Johnson

a cela-sangue leva à cela

    tanto xilindró quanto quarentena

peito a peito, homens ficam em silêncio

    cê tá detido, sob um feitiço

cê tá em tratamento? PrEP? (*que porra é essa?*)

    peçonha:pecado:cobra:caralhaço

        eu tenho o banzo da célulacela

    o diagnóstico é o julgamento que basta

cê pegou a marra? a gonorreia? a caxumba?

    eu digo *clemência, perigo* & branquelos escutam o que querem

era verão & geral quis estar apaixonado

    eu tarra bebeno, eu tarra bebeno

eu só quero dançar com alguém

    podia tudo ser tão simples

        mas cê não sabe meu nome

    deixa quieto. não fala nada

many stories about queerness are about shame

    . . . shall not lie (with mankind) . . .

      i got the cell count blues

inside a cell: a man/inside his cells: a man

    can you keep a secret?

a history of blood: from sacrament to sentence

    the red the white the blue of my veins

    / /

muitas histórias sobre bichice são sobre vexames

. . . não deitarás em falso (com os homens do mundo). . .

eu tenho banzo na contagem das células

dentro de uma cela: um homem/dentro de suas celas: um homem

cê consegue guardar segredo?

uma história de sangue: do sacramento à sentença

o vermelho o branco o azul das minhas veias

/ /

singing recklessly out of a boy's / throat, driving recklessly with boy / hands, lay my mouth on a man / as you lay a boy / into bed / ruin a boy like a boy / running recklessly / in the rain in Easter white / as boys do / eating recklessly with a boy's / hunger, praising recklessly whatever was near / knelling / recklessly with a boy's knees / in front of convenient gods / when morning came & still i was / recklessly a boy's throat / until he was done & everywhere on my body was a boy's throat / yes, i was his if only once / & i was his / as well & i was / everywhere, like a god / or a virus & i was everything / required of me & i was anything / but tame / & so, so long from then / i stand in the deepest part of night / singing recklessly, calling / what must feast / to feast.

    / /

cantando imprudentemente fora da garganta / de um menino, dirige imprudente com as mãos / de um menino, deito minha boca num homem / como você deita um menino / na cama / arruína um menino como um menino / corre imprudentemente / na chuva na Páscoa branca / como os meninos / comem imprudentemente com a fome / de um menino, louva imprudentemente o que estava próximo / ajoelhado / imprudentemente com os joelhos de um menino / na frente de deuses convenientes / quando a manhã chegou & eu ainda estava / imprudentemente na garganta de um menino / até que ele gozou & em todo lugar no meu corpo estava a garganta de um menino / sim, eu era dele se só daquela vez / & eu era dele / também & eu estava / em todos os lugares, como um deus / ou um vírus & eu era tudo / exigido de mim & eu era nada / menos que manso / &, assim, tanto tempo desde então / eu fico na parte mais profunda da noite / cantando imprudentemente, chamando / o que deve se deleitar / ao deleite.

/ /

- a love story -

he came/over

& then he left

but he stayed

/ /

- uma história de amor -

ele veio/chegou

& então ele saiu

porém ele ficou

/ /

as smoke from the lips
cycles into the nose

as the car filled with bass
niggas & smoke smokes your hair

as the car rolls into his garage
as you become a kind of garage

as the skin breaks as the skin do
as salt overwhelms

your simple palate as you sing
salt devotion as salt

gives way to salt as you are
a body boiled down to desire

as a noun, as to say *desire*
all over my face or say *desire*

coming down my leg
or *desire feels cold*

which lets you know
desire was warm recently

shot from inside a body
into a body, strange

enquanto dos lábios o fumo
entra em ciclos no nariz

enquanto o carro se enche de grave
negões & fumos fumam seu cabelo

enquanto manobra o carro na garagem
enquanto você se torna um tipo de garagem

enquanto rompe a pele enquanto a pele faz
enquanto o sal acachapa

seu paladar simples enquanto você entoa
devoção ao sal enquanto sal

dá lugar ao sal enquanto você é
um corpo cozido a baixo desejo

enquanto um substantivo, enquanto diz *desejo*
por todo o meu rosto ou diz *desejo*

descendo pela minha perna
ou *desejo se sente frio*

permite que você saiba
que o desejo amornou recentemente

disparo de dentro de um corpo
pra dentro de um corpo, esquisito

little birth, happy death
ritual, sweet lord

i've seen thy wrath
& it taste like sugar

lay thy merciful hand
around my neck

//

nascimento, morte feliz
ritual, doce deus

eu vi a ira do senhor
& é doce que só

deita tua mão misericordiosa
ao redor de meu pescoço

／／

it's not a death sentence anymore
it's not   death   anymore
it's   more
it's   a   sentence
         a   sentence

         / /

uma sentença de morte, isto não é mais

               morte, isto não é mais

                        isto   é mais

uma sentença   isto   é

uma sentença

     / /

i told him what
happened to my body

but all he could hear
was light falling
between my legs

next time a man comes
over, i'll cut the veins
out my arms, arrange them

like cooked linguine
on the kitchen table

in the shape of a boy's face
& say *here's what happened*

/ /

eu disse-lhe o que
aconteceu a meu corpo

mas tudo que pôde ouvir
era a luz caindo
entre minhas pernas

na próxima vez que um cara chegar
em casa vou cortar as veias
dos meus braços, as organizarei

como espaguete cozido
na mesa da cozinha

na forma do rosto de um menino
& direi *aqui está o que aconteceu*

//

in our blood

          men hold each other

like they'll never let go

          & then they let go

em nosso sangue

        homens se abraçam

como se nunca soltassem

        & então eles soltam

ELEGY WITH PIXELS & CUM

for Javier "Kid Chocolate" Bravo

they won't let you stay dead, kid.

today's update: your dead flesh stitched digital, kid.

this gravestone: no lilies, a dick pic, no proof you were someone's, kid.

ghost plunge into a still alive boy, make him scream like a bleeding kid.

did they dress or undress you for burial, kid?
your mother watches you choke a man into pleasure, can't look away, just
[misses her kid.

men gather in front of screens to jerk & mourn, kid.

don't know your real name, kid.

you fuck like an animal, you die like an animal, kid.

i have the same red shadow running through my veins, kid.

in my blood, a little bit of your blood, almost siblings, some bad
[father's kids.

did you know how many ways you can relate to a ghost, kid?

ELEGIA COM PIXELS & PORRA

para Javier "Kid Chocolate" Bravo

eles não vão deixar tu ficar morto, guri.

atualização do dia: tua carne morta cosida à digital, guri.

esta lápide: sem lírios, uma foto de pau, sem prova que tu era de
[alguém, guri.

mergulho fantasma num garoto ainda vivo, fazê-lo berrar
[como numa sangria, guri.

eles te vestiram ou desvestiram pro enterro, guri?

tua mãe te vê engolir um cara até sentir prazer, não tapa os olhos,
[só sente falta do guri.

caras se juntam em frente de telas pra bater punheta
[& choramingar, guri.

desconheço teu nome real, guri.

tu fode feito um bicho, tu morre feito um bicho, guri.

eu tenho a mesma sombra rubra correndo pelas minhas veias, guri.

no meu sangue, um cadinho do teu sangue, quase irmãos,
[somos de um pai merda, guris.

tu sabe quantas coisas tem em comum com um fantasma, guri?

someone misses your laugh, not just the way you filled asses & screens, kid.

i bet they had a pastor who didn't know you do your eulogy, kid.

they turn our funerals into lessons, kid.

they say blood & everyone flinches, kid.

they say blood & watch us turn to dust, kid.

they want us quiet, redeemed, or dead already, kid.

they want us hard, tunnel-eyed, & bucking, kid.

they want us to fuck more than they want us to exist, kid.

they want us to know god or be god, kid.

how close was death to orgasm, kid?

how did it feel to feel everything, then become a thing that can't feel, kid?

did a boy kiss what was left of you, kid?

did he flood the church with his mourning, kid?

was he the rain & you the ark, kid?

did he make a new sea to miss you, kid?

were you a fish swimming in his grief, kid? did you float?

há quem sinta saudade da tua risada, não só do jeito que tu
[se ocupava de cus & telas, guri.

aposto que eles tinham um pastor que desconhecia
[o feitio do teu louvor, guri.

eles transformam nossos funerais em aulas, guri.

eles dizem sangue & geral vacila, guri.

eles dizem sangue & nos veem virar pó, guri.

eles querem a gente calado, remidos ou já mortos, guri.

eles querem a gente rijo, olhodocu & brabos, guri.

eles querem a gente fodido mais do que querem que existamos, guri.

eles querem a gente sabido de Deus ou ser Deus, guri.

quão perto estava a morte do orgasmo, guri?

como foi sentir que sente tudo, pra então virar uma coisa
[que não sente nada, guri?

um garoto beijou o que restava de tu, guri?

ele inundou a igreja com luto, guri?

ele foi a chuva & tu a arca, guri?

ele fez um novo mar pra sentir tua falta, guri?

tu era um peixe nadando na dor dele, guri? tu flutuou?

LITANY WITH BLOOD ALL OVER

i am telling you something i got blood on the brain

the prettiest fish are poisonous
& same is true for men

test results say i talk too much

test results say i ask none of the right questions

test results have the blues

test results say i'm a myth
proven true & by effect boring — Zeus proved just a boy
playing with the lights

test results say my name
is not my name & test results say my name
is banned from the radio

the test results say i am the father
of my own end

& i am

a deadbeat

LADAINHA COM SANGUE POR TODO LADO

estou te contando algo   eu tenho sangue no cérebro

      os peixes mais bonitos são venenosos
      & o mesmo é verdade pros homens

    os resultados do teste dizem que eu falo muito

     os resultados do teste dizem que eu não pergunto nada direito

          os resultados do teste têm o banzo

    os resultados do teste dizem que eu sou um mito
comprovado & portanto chato — Zeus provou ser só um moleque
            jogando com as luzes

os resultados do teste dizem que meu nome
      não é meu nome & os resultados do teste dizem que meu
        nome está banido do rádio

   os resultados do teste dizem que eu sou o pai
      do meu próprio fim

        & eu sou

           um sem-vergonha

i let the blood
raise my boy

    i let the blood
    bury him too

i let the blood do what i have always failed to do
& end the boy for good

    blood & its endless screaming
or singing
    or whatever people do when their village burns

again the blood & its clever songs

          All
           i
          Desire
           Surrenders
Have
i no
  Venom?

again i have too many words for sadness

eu deixei o sangue
sustentar meu garoto

eu deixei o sangue
enterrá-lo também

deixo o sangue fazer o que sempre falhei em fazer
& acabar com o garoto por um bom

sangue & sua infindável gritaria
ou cantares
ou o que faz qualquer pessoa quando sua aldeia queima

novamente o sangue & suas hábeis canções

eu

Desejo

Tudo

Renda-se

eu

não Tenho

Veneno?

ovamente eu tenho palavras demais pra tristeza

i touched the stove & the house burned down

i touched the boy & now i have his name

our bloodwedding — our bloodfuneral

i'm his new wife at dusk & by morning i'm his widow

he left me his blood

& though he is not dead

i miss my husband

i hate my husband

he left me with child

i cut his awful seed out of me

but it always grows back

the child comes half-dead calls me mother then dies

& joins his brothers

my veins — rivers of my drowned children

my blood thick with blue daughters

my blood

my blood

his blood   my blood   his blood

my blood

his blood

my blood

my blood

his blood   his blood

his blood

my blood   my blood

my blood

my blood   my blood

his blood   his blood   my blood   his blood

my blood   his blood   my blood

my blood

his blood   my blood   my blood   his blood   my my blood

his blood   my his blood blood

eu toquei o fogão & a casa incendiou

eu toquei o garoto & agora eu tenho o nome dele

nossa boda de sangue — nosso sangue funeral

sou sua nova esposa ao crepúsculo & pela aurora sou viúva

ele me legou seu sangue
& embora não esteja morto
sinto saudade do meu marido

eu odeio meu marido
ele me largou com a criança

amputei sua terrível semente de mim
mas sempre volta a crescer

a criança vem semimorta me chama mãe então morre
& se junta a seus irmãos

minhas veias — rios das minhas crias afogadas
meu sangue pisado das filhas azuis

meu sangue
                        meu sangue
            sangue dele   meu sangue   sangue dele

                                  meu sangue

                   sangue dele
           meu sangue
                          meu sangue
       sangue dele sangue dele
meu sangue meu sangue
              meu sangue meu sangue
    meu sangue   sangue dele
sangue dele
    sangue dele   sangue dele   meu sangue
ue
           meu sangue   sangue dele   meu sangue meu sangue
        sangue dele
sangue dele   sangue dele
meu sangue

his blood his blood my blood my blood his blood my blood my blood
my blood his blood his blood my blood his blood my blood his blood my blood
his blood his blood my blood his blood his blood his blood my blood his blood his blood his blood
my blood his blood his blood my blood his blood his blood my blood my blood
my my blood his blood his blood his blood blood my blood his blood his blood my
my blood his blood his blood my blood my blood his blood
blood his blood my blood my blood my blood my blood his blood
his blood my blood my blood his blood my blood his blood his blood
my blood his blood my blood my blood my blood his blood my blood his blood his bld
my blood my blood his blood my blood his blood his blood his blood sa
my blood my blood my blood his blood my blood his blood his blood his blood
my blood my blood his blood his blood my blood his blood my blood his blood
my blood my blood his blood his blood his blood my blood
od his blood my blood his blood my blood his blood my blood his blood his blood
lood my blood his blood my blood his blood my blood his blood his blood his blo
blood my blood my blood his blood his blood his blood my blood my blood sa
my blood his blood his blood his blood my blood his blood his blood his blo
my blood my blood his blood his blood his blood my blood his blood my blo
his blood my blood his blood his blood his blood my blood his blood my blood
my blood my blood my blood his blood my blood his blood his blood his blood
his blood my blood my blood his blood my blood his blood my blood his blood
od my blood my blood his blood my blood his blood his blood my blood hi
od my blood my blood his blood my blood his blood his blood my blood
my blood my blood my blood his blood his blood my blood
his blood my blood my blood my blood his blood his blood his blood
his blood his blood his blood his blood my blood his blood his blood my blood
blood my blood my blood his blood his blood my blood his blood his blood sa
blood my blood my blood my blood his blood my blood his blood his blood
his blood his blood my blood his blood his blood his blood
od his blood his blood his blood my blood his blood his blood my blood his
blood his blood my blood his blood my blood his blood my blood his
lood my blood blood his blood my blood my blood his blood
his blood his blood his blood my blood his blood his blood his blood my b
od his blood his blood his blood my blood his blood his blood my blood my blo
od his blood his blood my blood my blood his blood his blood his blood
od my blood his blood his blood my blood his blood his blood my blood his blood
lood my blood my blood his blood his blood my blood his blood
my blood my blood his blood his blood my blood his blood my blood
od his blood his blood his blood my blood his blood sa
od my blood his blood his blood my blood his blood his blood my blood my b
lood his blood my blood my blood his blood his blood my blood his blood
lood my blood his blood his blood his blood his blood my blood his blood
od his blood his blood his blood my blood his blood his blood my blood
lood his blood his blood my blood his blood his blood my blood
od his blood my blood his blood my blood his blood his blood his blood

sangue dele   meu sangue
sangue dele   sangue dele   meu sangue
sangue dele   meu sangue
                  meu sangue   sangue dele   sangue dele   meu sangue
sangue dele   meu sangue   sangue dele   meu sangue
          sangue dele   meu sangue   sangue dele
          meu sangue   sangue dele   meu sangue   meu sangue   sangue dele
    meu sangue   sangue dele   meu sangue   sangue dele   meu sangue
          meu sangue   sangue dele   meu sangue   sangue dele
meu sangue   sangue dele   meu sangue meu sangue   meu sangue   meu
          sangue dele meu sangue meu sangue meu sangue
          sangue dele   sangue dele   meu sangue
e dele   meu sangue meu sangue   meu sangue
          sangue dele   sangue dele   meu sangue   sangue dele
meu sangue dele   sangue dele   meu sangue   meu
e dele   meu sangue meu sangue   sangue dele
    meu sangue   meu sangue   sangue dele   sangue d
          meu sangue   sangue dele   sangue dele meu sangue
meu sangue   sangue dele   sangue dele   sangue dele meu sangue   sangue dele   sangue dele
meu sangue   meu sangue meu sangue   sangue dele   meu sangue   sangue dele
meu sangue   sangue dele   sangue dele   meu sangue meu sangue   sangue dele   meu sangue
u sangue dele   sangue dele   meu sangue sangue dele sangue dele   meu sangue
gue   meu sangue   sangue dele meu sangue   sangue dele
          meu meu sangue   meu sangue   meu sangue   meu sangue   m
sangue dele meu sangue   meu sangue   sangue dele meu sangue   meu sangue   meu
e dele   meu sangue dele   sangue dele   sangue dele meu sangue   sangue dele
ngue   meu sangue sangue dele sangue dele   sangue dele   meu sangue meu sangue
ue dele   meu sangue meu sangue   meu sangue   meu sangue
meu sangue   sangue dele sangue dele meu sangue sangue dele   meu sangue   sangue dele
meu sangue   sangue dele meu sangue   sangue dele   meu sa
          sangue dele meu sangue   sangue dele   sangue dele   meu sangue
sangue dele   sangue dele   sangue dele meu sangue   meu sangue
meu sangue meu sangue   sangue dele sangue dele   sangue dele   meu sangue
meu sangue   sangue dele   sangue dele meu sangue   sangue dele   sangue dele
          sangue dele meu sangue meu sangue   sangue dele meu sangue   sangue dele
dele   sangue dele   meu sangue sangue dele   sangue dele   meu sangue
          meu sangue   sangue dele   sangue dele meu sangue sangue dele   sangue dele
eu sangue   meu sangue meu sangue   sangue dele sangue dele   meu sa
          meu sangue   meu sangue   meu sangue   sangue dele sangue dele   meu sangue
          sangue dele   meu sangue meu sangue   sangue dele   sangue de
          sangue dele sangue dele   sangue dele   meu sangue meu sangue
          meu sangue   sangue dele sangue dele   meu sangue   sangue dele   meu sangue
angue   meu sangue   sangue dele sangue dele   sangue dele   sangue dele   meu sa
sangue dele meu sangue   meu sangue sangue dele   sangue dele   sangue del
ue dele   meu sangue   meu sangue meu sangue   meu sangue   sangue dele
ngue dele   sangue dele   meu sangue   meu sangue meu sangue meu sangue   meu sangue
sangue dele sue dele   sangue dele   sangue dele meu sangue
blood   sangue dele meu sangue
ue meu sangue meu sangue dele sangue dele   sangue dele meu sangue
e dele   sangue dele meu sangue   sangue dele sangue dele   meu sangue   meu sa
ue sangue dele   sangue dele   meu sangue   sangue dele   meu sangue   meu sangi
ue dele sangue dele   meu sangue   sangue dele meu sangue   sangue dele   meu sangi
ngue   meu sangue   sangue dele   sangue dele meu sangue   meu sangue   meu sangue
gue   sangue dele   sangue dele meu sangue   sangue dele   sangue dele   meu sangue
e sangue dele   sangue dele meu sangue   sangue dele meu sangue   meu sa
          sangue dele sangue dele meu sangue   meu sangue   sangue dele   meu sangue
gue sangue dele   sangue dele   sangue dele meu sangue meu sangue   meu sangue   meu
gue   sangue dele   sangue dele sangue dele   sangue dele   meu sangue   meu sangue
gdele   sangue dele   sangue dele sangue dele   sangue dele meu sangue   meu s
          sangue dele meu sangue sangue dele   meu sangue   sangue dele   meu sangue   meu's
          meu sangue   sangue dele   sangue dele   meu sangue meu sangue
e sangue dele   sangue dele   meu sangue sangue dele meu sangue   meu sangue
eu sangue dele   sangue dele sangue dele   meu sangue   sangue dele meu sangue   meu
          meu sangue   sangue dele meu sangue sangue dele meu sangue   meu sangue

IT BEGAN RIGHT HERE

a humbling at my knees. i let him record me, wanted to
watch me be monster, didn't know he'd leave me

with vultures grazing my veins. me: dead lion who keeps
dying. him: flies who won't leave my blood alone. the devil

sleeps in my eyes, my tongue, my dick, my liver, my heart.
everywhere blood is he sleeps. & i knew before i knew

& can't tell you how. ghosts have always been real
& i apprentice them now. they say it's not a death sentence

like it used to be. but it's still life. i will die in this bloodcell.
i'm learning to become all the space i need. i laughed today.

for a second I was unhaunted. i was the sun, not light
from some dead star. i was before. i was negative. but i'm not.

i am a house swollen with the dead, but still a home.
the bed where it happened is where i sleep.

COMEÇOU BEM AQUI

um humilde de joelhos. eu deixei ele me gravar, queria
me assistir ser monstro, não sabia que ele me deixaria

com abutres roçando minhas veias. eu: leão morto que segue
morrendo. ele: moscas que não deixam meu sangue em paz. o demônio

dorme nos meus olhos, minha língua, meu pau, meu fígado, meu coração.
todo lugar onde houver sangue, ele dorme. & eu sabia antes de saber

& como, não sei contar. fantasmas sempre foram reais
& eu os aprendi agora. dizem que não é uma sentença de morte

como costumava ser. mas ainda é vida. morrerei nesta célula sanguínea.
estou aprendendo a me tornar todo o espaço que preciso. hoje eu ri.

por um segundo fiquei desassombrado. eu era o sol, não a luz
de alguma estrela morta. era o antes. estava negativo. mas não estou.

eu sou uma casa inchada de mortos, mas ainda uma casa.
a cama onde aconteceu é onde durmo.

CROWN

i don't know how, but surely, & then again
the boy, who is not a boy, & i, who is barely
me by now, meld into a wicked, if not lovely
beast, black lacquered in black, darker
star, sky away from the sky, he begs, or
is it i beg him to beg, for me to open
which i do, which i didn't need to be asked
but the script matters, audition & rehearse
the body — a theatre on the edge of town
chitlin' circuit opera house, he runs a hand
praise the hand, over me, still red with hot
sauce, is that what it is? his hands, jeweled
in, what? what could it be? what did he pull
from me? a robin? a wagon? our red child?

//

pulled from me: a robin, a wagon, our red child
with dead red bird in his hands, dead child
in red coffin on wheels, parade out of me
second line up the needle & into the vial
all the children i'll never have, dead in me
widow father, sac fat with mourning, dusk
is the color of my blood, blood & milk

COROA

eu não sei como, mas com certeza, & tudo de novo
o garoto, que não é um garoto, & eu, quão mal
sou eu agora, fundido em cruel, se não amável
fera, preto lacado em preto, a mais escura
estrela, céu distante do céu, ele clama, ou
seja, eu clamo pra que ele clame, pra eu abrir
o que eu faço, eu não precisava ser pedido,
mas importa o roteiro, a audição & ensaiar
o corpo — um teatro na periferia da cidade,
casa de ópera do circuito de chitlin, ele passa a mão,
elogiando-a, sobre mim, ainda vermelha com molho
picante, é isso que é? suas mãos, ornadas de joias,
quê? o que poderia ser? o que ele arrancou
de mim? um sabiá? um vagão? nossa criança vermelha?

//

arrancado de mim: um sabiá, um vagão, nossa criança vermelha
com ave vermelha morta nas mãos, criança morta
no caixão vermelho sobre rodas, desfilam fora de mim
em seguida alinham a agulha & dentro do frasco
todas as crianças que nunca terei, mortas em mim
pai viúvo, saco lotado de luto, o crepúsculo
é da cor do meu sangue, sangue & leite

colored, chalk virus, the boy writes on me
& erases, the boy claps me between
his hands & i break apart like glitter
like coke, was there coke that night?
my nose went white then red all over
thin red river flowing down my face
my blood jumped to ask him to wade.

   / /

my blood got jumped, ask him to wait
before he gives me the test results, give
me a moment of not knowing, sweet
piece of ignorance, i want to go back
to the question, sweet if of yesterday
bridge back to maybe, lord bring me
my old blood's name, take away
the crown of red fruit sprouting
& rotting & sprouting & rotting.
in me: a garden of his brown mouth
his clean teeth, his clean answer
phantom hiding behind a red curtain
& i would sing if not for blood in my throat
if my blood was not a moat.

   / /

coloridos, vírus de giz, o garoto escreve em mim
& apaga, o garoto me espana entre
suas mãos & eu me separo como glitter,
como coca, havia coca naquela noite?
meu nariz ficou branco e depois todo vermelho
fino rio vermelho escorrendo pelo meu rosto
meu sangue saltou pedindo pra ele vadear.

     / /

meu sangue foi assaltado, peço pra ele esperar
antes que me dê os resultados do teste, dá
pra mim um momento de não saber, um doce
pedaço de ignorância, quero voltar
pra questão, doce se de ontem
conecta de volta pro talvez, deus traz pra mim
o nome do meu sangue antigo, arranca
a coroa de frutas vermelhas brotando
& apodrecendo & brotando & apodrecendo.
em mim: um jardim de tua boca negra
teus dentes limpos, tua resposta limpa
espectro ocultando-se sob um lenço vermelho
& eu cantaria se não houvesse sangue em minha goela
se meu sangue não fosse um fosso.

     / /

if my blood was not a moat, i'd have a son
but i kingdom myself, watch the castle turn
to exquisite mush. look at how easy bones
turn to grits how the body becomes effigy.
would have a daughter but i am only
the mother of my leaving. i sit on jungle gym
crying over other people's children, black
flowers blooming where my tears fall.
bees commune at their lips, then
turn them to stone. as expected.
my blood a river named medusa. every man
i touch turns into a monument. i put
flowers at their feet, their terrible stone feet.
they grow wings, stone wings, & crumble.

    / /

they grow wings, stoned wings, crumble
& fall right out my body, my little darlings.
i walk & leave a trail of my little never-no-
mores. my little angels, their little feathers
clogging the drain, little cherubs drowning
right in my body, little prayers bubbling
at the mouth, little blue-skinned joys
little dead jokes, little brown-eyed can'ts
my nursery of nunca, family portrait

se meu sangue não fosse um fosso, eu teria um filho
mas eu me reino, assisto o castelo virar
um fino mingau. veja como ossos viram
grãos facilmente como o corpo se torna efígie.
teria uma filha, mas sou apenas
a mãe da minha saída. eu sento no trepa-trepa
chorando pelos filhos de outras pessoas, flores
negras florescendo onde minhas lágrimas caem.
abelhas comungam em seus lábios, depois
os transformam em pedra. como esperado.
meu sangue um rio chamado medusa. todo homem
que eu toco vira um monumento. eu ponho
flores a seus pés, seus pés terríveis de pedra.
eles brotam asas, asas de pedra & desmoronam.

/ /

eles brotam asas, asas pedradas, desmoronam
& caem direto do meu corpo, meus queridinhos.
eu ando & deixo um rastro de meus pequenos nãonunca-
mais. meus anjinhos, suas pluminhas
entupindo o ralo, querubinzinhos se afogando
bem no meu corpo, pequenas preces borbulhando
na boca, parca alegria dos peles-azuis,
piadinhas mortas, olhinhos castanhos nãopoderes
em meu berçário de *never*, retrato de família

full of grinning ghosts, they look just like me
proud papa of pity, forever uncle, father
figure figured out of legacy, doomed daddy.
look at my children, skipping toward the hill
& over the hill: a cliff, a fire, an awful mouth.

   / /

& over the hill: a cliff, a fire, the awful mouth
of an awful river, a junkyard, a church made
from burnt churches — place for prayer
for those who have forgotten how to pray.
i stand by the river, the awful one, dunk
my head in the water & scream
for my river-bottom heirs — this is prayer
right? i fall & i drown & i trash & i burn
& i dunk my head in the water & i
call the children drowned in my blood
to come home — this is the right prayer?
lord, give me a sign, red & octagonal.
god bless the child that's got his own.
god bless the father who will have none.

   / /

138

cheio de espectros sorridentes, eles se parecem comigo
papai vaidoso de piedade, tio pra sempre, paterna
figura figurada fora do legado, pai condenado.
olha pros meus filhos, saltando em direção à colina
& sobre a colina: um penhasco, um fogo, uma foz medonha.

    / /

e sobre a colina: um penhasco, um fogo, a foz medonha
de um rio medonho, um ferro-velho, uma igreja feita
de igrejas queimadas — lugar de reza
pra aqueles que esqueceram como rezar.
aguardo ao lado do rio, o medonho, encharco
minha cabeça na água & grito
pra minha prole do fundo do rio — isto é reza,
certo? eu caio & eu afogo & eu entulho & eu queimo
& encharco minha cabeça na água & eu
chamo as crianças afogadas em meu sangue
pra voltar pra casa — esta é a reza certa?
senhor, me dê um sinal, vermelho & octogonal.
deus abençoe a criança que tem a sua.
deus abençoe o pai que não terá nenhuma.

    / /

god bless the father who will have none
to call him father, god bless the lonely
god who will create nothing. but there's
pills for that. but the pills cost too much.
& the womb cost money to rent.
but who will let you fill them with seed
from a tree of black snakes? but i didn't know
what he was bringing to me. but he
told me he was negative. but he wasn't
aware of the red witch spinning
in his blood. but he tasted so sweet.
sweet as a child's smile. sweet as a dream
filled with children who look just like you
you know: black, chubby, beaming, dying.

//

you know: black, chubby, beaming, dying
of hunger, dying on the news, dying to forget
the news, he came to me like that. we were
almost brothers, almost blood, then we were.
good god, we made a kind of family — in my veins
my sons-brothers sleep, sisters-daughters
name each cell royal, home, untouchable.
in every dream, i un- my children:
untuck them into bed, unkiss their lil wounds

deus abençoe o pai que não terá ninguém
pra chamá-lo de pai, deus abençoe o solitário
deus que não criará nada. mas há
remédios pra isso. mas os remédios custam caro.
& o útero custa dinheiro pra alugar.
mas quem deixará você enchê-los das sementes
de uma árvore de cobras negras? mas não sabia
o que ele trazia pra mim. porém ele
me disse que era negativo. embora ele não
estivesse ciente da bruxa rubra girando
no sangue dele. mas ele tinha um gosto tão doce.
doce como o sorriso de uma criança. doce como um sonho
cheio de crianças que se parecem contigo
você sabe: preto, fofinho, radiante, morrendo.

      / /

você sabe: preto, fofinho, radiante, morrendo
de fome, morrendo nas notícias, morrendo de vontade
de esquecer a notícia, ele veio até mim assim. éramos
quase irmãos, quase de sangue, então nós éramos.
bom deus, éramos tipo uma família — nas minhas veias
meus filhos-irmãos dormem, irmãs-filhas
nomeiam cada célula da realeza, lar, intocável.
em todo sonho, eu des- meus filhos:
os desaconchego na cama, desbeijo teus machucadinhos,

141

unteach them how to pray, unwake in the night
to watch their little chests rise & fall, unname
them, tuck them back into their mothers
& i wake up in bed with him—his red, dead, gift
i don't know how, but surely, & then again.

desensino-os de como rezar, desperto à noite
pra assistir o sobe & desce de teus peitinhos, desnomeio
eles, os aconchego de volta em suas mães
& acordo na cama com ele — teu presente, morto, rubro
eu não sei como, mas com certeza, & tudo de novo.

BLOOD HANGOVER

if there's a cure for this

                    i want it

        if there's a remedy

i'll run

      all the time

             let it out

'cause

i've got the sweetest hangover

      i don't want

yeah i want to get

            over

        ooh no cure

        i need cure

      i need cure

i don't need

     sweet lovin'

call the doctor

        momma

     don't call preacher

          no i need it

       i don't want it

       i love need

love

RESSACA DE SANGUE

se existe uma cura pra isso

eu quero

se houver um remédio

eu correrei

o tempo todo

deixa ir

porque

eu tenho a ressaca mais doce

eu não quero

sim, eu quero

superar

aah sem cura

eu preciso de cura

eu preciso de cura

eu não preciso

doce amor

chama o médico

mamãe

não chama o pastor

não, eu preciso disso

eu não quero isso

eu amo precisar

amar

a cure for this

    i don't want it
i want it

      if there's a cure for this

    sweet   sweet   sweet   sweet
    sweet   sweet   sweet   sweet
    sweet   sweet   sweet   sweet

uma cura para isso

    eu não quero

eu quero

        se existe uma cura para isso

      doce doce doce doce
      doce doce doce doce
      doce doce doce doce

1 IN 2

On February 23rd, 2016, the CDC released a study estimating 1 in 2 black men who have sex with men will be diagnosed with HIV in their lifetime.

the cells of you heard a tune you could not hear. you memorized & masqueraded, karaoked without knowing. you went in for a routine test & they told you what you were made of:

- honey spoiled into mead
- lemon mold
- broken proofs
- traffic tickets
- unidentified shard
- a shy, red moon
- a book of antonyms
- the book of job
- a lost child unaware of its name

you knew it would come to this, but then it actually came.

//

away to the red lake
to dance in the red waves

1 EM CADA 2

Em 23 de fevereiro de 2016, o CCD divulgou um estudo estimando que 1 em cada 2 homens negros que fazem sexo com homens será diagnosticado com HIV durante a vida.

as células de você ouviram uma melodia que você não podia ouvir. você memorizou & mascarou, foi num karaokê sem saber. você fez um teste de rotina & lhe disseram do que você era feito:

- doçura estragada no hidromel
- mofo de limão
- provas corrompidas
- multas de trânsito
- caco não identificado
- uma lua, rubra & tímida
- um livro de antônimos
- o livro de jó
- uma criança perdida ignorante de seu nome

você sabia que chegaria a isso, e então realmente chegou.

/ /

longe até o lago vermelho
pra dançar nas ondas vermelhas

oh sugar boys, my
choir candy, wade slow

& forever, dip a toe
& red water will crawl

toward your neck
come on, dive in

or be swallowed
the water wants

to meet you, why
not on such a pretty

night, with the shore's
burgundy foam

teething toward your feet
like wine out for blood

& the sky above
dark as a nigga

who once told you
you cute & don't worry

/ /

ah quindinzinhos, meu
doce coral, vadeiem devagar

& sempre molha a ponta do pé
& a água vermelha rastejará

em direção ao teu pescoço
vamos lá, mergulha

ou seja engolido
a água quer

conhecê-lo, por que
não em uma noite

tão bonita, com a praia
espuma de tinto borgonha

dente de leite indo a teus pés
como vinho busca o sangue

& o céu acima
escuro como um negão

que uma vez te disse
você é fofo & não se preocupe

/ /

he, who smelled coffee sweet & cigarillo blue
entered me, who knew better but _____ .
he, who in his wake left shredded tarot,
threw back his head & spewed light from every opening
& in me, light fell on a door, & in the door
a me i didn't know & knew, the now me
whose blood blacks & curls back like paper
near an open flame. i walked toward the door
as i walked away from the door. when i met me
in the middle, nothing grand happened.
a rumor made its way around my body.

      / /

if you trace the word *diagnosis* back enough
you'll find *destiny*

      trace it forward, find *diaspora*

is there a word for the feeling prey
feel when the teeth finally sink
after years of waiting?

          plague & *genocide* meet on a line in my body

i cut open my leg & it screamed

152

ele, que rescendia a café doce & cigarrilha,
entrou em mim, quem melhor sabia, porém _____ .
ele, que em seu rastro largou o tarô aos farrapos,
jogou a cabeça pra trás & vomitou luz por todas as saídas
& em mim, a luz tombou sobre uma porta, & na porta
um eu que eu não conhecia & conhecia, o eu de agora
cujo sangue fica negro & feito rolo de papel
perto de uma chama acesa. eu andei até a porta
enquanto me afastava da porta. quando eu me encontrei
no fulcro, nada de grandioso aconteceu.
um rumor percorreu ao redor do meu corpo.

      / /

se você traçar a palavra *diagnóstico* pra trás o bastante
você encontrará *destino*

      se traçar adiante, encontrará *diáspora*

há um termo pro sentimento de presa
sentir quando os dentes finalmente afundam
após anos de espera?

        praga & *genocídio* se encontram num verso em meu corpo

eu cortei fora minha perna & ela gritou

EVERY DAY IS A FUNERAL & A MIRACLE

on the bad nights, i wake to my mother
shoveling dirt down my throat
i scream mom! i'm alive! i'm alive!
but it just sounds like dirt

if i try to get up, she brings the shovel down
saying i miss you so much, my sweetest boy

       //

my grandma doesn't know
      so don't tell her
if you see her with this poem

      burn it, burn her
burn whatever you must
      how do you tell a woman

who pretends you are just
      having trouble finding a wife
that once, twice, daily, a man

      enters you, how your blood
smells like a hospital, graveyard
      or a morgue left in the sun

       //

TODO DIA É UM FUNERAL & UM MILAGRE

nas noites ruins, acordo com minha mãe
entulhando terra pra dentro da minha garganta
eu grito mãe! tô vivo! tô vivo!
mas isso soa como terra

se eu tento me levantar, ela derruba a pá
dizendo eu sinto tanto a sua falta, meu pimpolho

     / /

minha avó não sabe
     então não conta pra ela
caso a veja com este poema

     queime-o, queime-a
queime o que for preciso
     como você diz a uma mulher

que finge que você apenas está
     tendo dificuldades pra achar uma esposa
que uma, duas vezes por dia, um homem

     entra em você, como seu sangue
cheira a hospital, a cemitério
     ou a necrotério largado ao sol

     / /

hallelujah! today i rode
past five police cars
& i can tell you about it

now, what
to do with my internal
inverse, just how
will i survive the little
cops running inside
my veins, hunting
white blood cells &
bang bang
i'm dead

//

today, Tamir Rice
tomorrow, my liver
today, Rekia Boyd
tomorrow, the kidneys
today, John Crawford
tomorrow, my lungs

some of us are killed
in pieces, some of us all at once

//

aleluia! hoje eu passei
por cinco carros da polícia
& posso falar sobre isso

agora, o que
fazer com o meu avesso
interno, como exatamente
vou sobreviver
aos policinhas correndo
em minhas veias, caçando
glóbulos brancos &
ratatatá
estou morto

      / /

hoje, Tamir Rice
amanhã, meu fígado
hoje, Rekia Boyd
amanhã, os rins
hoje, John Crawford
amanhã, meus pulmões

alguns de nós são mortos
em etapas, alguns de nós tudo de uma vez

      / /

do i think someone created AIDS?

maybe. i don't doubt that

anything is possible in a place

where you can burn a body

with less outrage than a flag

/ /

~~hallelujah! today~~
~~i did not think~~
~~about my blood~~

/ /

what is the shape of my people's salvation?

name a thing that can't be made a weapon?

can you point in the direction of the doctor?

witch or medical, no matter.

i got this problem: i was born

black & faggoty

they sent a boy
when the bullet missed.

/ /

se eu acho que alguém criou a AIDS?
talvez. não duvido nada
tudo é possível em um lugar
onde você pode queimar um corpo
com menos ultraje do que uma bandeira

      / /

~~aleluia! hoje~~
~~eu não pensei~~
~~sobre meu sangue~~

      / /

de que forma se dá a salvação do meu povo?

nomear algo que não pode ser convertido em arma?

você pode indicar na direção do doutor?

feiticeira ou médico, não importa.

eu tenho esse problema: eu nasci

preto & bichinha

      eles enviaram um menino
      quando a bala errou.

      / /

look, i'm not going to manufacture
any more sadness. it happened.
it's happening.

America might kill me before i get the chance.
my blood is in cahoots with the law.
but today i'm alive, which is to say

i survived yesterday, spent it
ducking bullets, some
flying toward me & some
trying to rip their way out.

olha, eu não vou fabricar
mais tristeza. aconteceu.
está acontecendo.

América me mate antes de eu ganhar a oportunidade.
meu sangue está em conspiração com a lei.
mas hoje estou vivo, ou seja,

ontem sobrevivi, gastei
a esquiva de balas, algumas
voando em minha direção & algumas
tentando romper caminhos.

NOT AN ELEGY

how long

    does it take

a story

    to become

a legend?

how long before

    a legend

becomes

    a god or

forgotten?

ask the rain

    what it was

like to be the river

then ask the river

    who it drowned.

    / /

NÃO É UMA ELEGIA

quanto tempo

      é necessário

pra uma história

      tornar-se

uma lenda?

quanto tempo antes

      uma lenda

torna-se

      um deus ou

um esquecimento?

pergunte à chuva

      como era

ser o rio

depois pergunte ao rio

      quem ele afogou.

    / /

i am sick of writing this poem
but bring the boy. his new name

his same old body. ordinary, black
dead thing. bring him & we will mourn
until we forget what we are mourning.

is that what being black is about?
not the joy of it, but the feeling

you get when you are looking
at your child, turn your head
then, poof, no more child.

that feeling. that's black.

     / /

think: once, a white girl
was kidnapped & that's the Trojan War.

later, up the block, Troy got shot
& that was Tuesday. are we not worthy

of a city of ash? of 1,000 ships
launched because we are missed?

i demand a war to bring the dead child back.

i at least demand a song.　　a head.

     / /

164

estou cansado de escrever este poema,
mas traga o menino. novo nome dele,

no mesmo corpo antigo. banal, negra
coisa morta. traga-o & vamos lamentar
até esquecer o que estamos lamentando.

é disso o que se trata ser negro?
não a alegria disso, mas a sensação

que você tem quando olha
pra tua cria, então vira a cabeça,
e, puf, não tem mais cria.

eis a sensação. eis o que é negro.

    / /

pense: uma vez, uma menina branca
foi sequestrada & esta é a Guerra de Troia.

mais tarde, pelo quarteirão, Troy tomou tiro
& isso foi terça-feira. não somos dignos

de uma cidade de cinzas? de 1.000 navios
zarpados porque estão com saudades?

eu exijo uma guerra que traga a criança morta de volta.

eu exijo, ao menos, uma canção.   uma cabeça.

    / /

if i must call this their fate
i know the color of God's face.

/ /

do you expect
me to dance

when every day someone
who looks like everyone

i love is in a gun fight
armed with skin?

look closely
& you'll find a funeral

frothing in the corners
of my mouth, my mouth

hungry for prayer
to make it all a lie.

reader, what does it
feel like to be safe? white?

how does it feel
to dance when you're not

se devo chamar isto de seu destino
eu sei a cor do rosto do Divino.

 / /

você espera
que eu dance

quando todos os dias alguém
que se parece com todo mundo

que eu amo está num tiroteio
armado só com a pele?

olhe atentamente
e você encontrará um funeral

espumando nas quinas
da minha boca, minha boca

faminta de preces
a fazer de tudo uma mentira.

leitor, o que te faz
sentir-se a salvo? branco?

qual é a onda
de dançar quando você não

dancing away the ghost?
how does joy taste

when it's not followed
by *will come in the morning?*

reader, it's morning again
& somewhere, a mother

is pulling her hands
across her seed's cold shoulders

kissing what's left
of his face. where

is her joy? what's she
to do with a child

who'll spoil soon?
& what of the child?

what was their last dream?
who sang to them

while the world closed
into dust?

what cure marker did we just kill?
what legend did we deny

dança o fantasma pra lá?
qual é o gosto da alegria

quando não é seguida
por *o que será o amanhã?*

leitor, é manhã de novo
&, em algum lugar, uma mãe

está passando as mãos dela
pelos ombros frios de sua semente

beijando o que resta
daquele rosto. cadê

a alegria dela? o que ela
faz com uma criança

que vai estragar em breve?
&, da criança, o quê?

qual foi o último sonho deles?
quem cantou para eles

enquanto o mundo se enfurnava
em pó?

qual marcador de cura acabamos de matar?
qual lenda recusamos

their legend? i have no more
room for grief.

it's everywhere now.
listen to my laugh

& if you pay attention
you'll hear a wake.

//

prediction: the cop will walk free
prediction: the boy will still be dead

//

to begin again i'd give my tongue
a cop's tongue too.

//

a boy i was a boy with took his own life.
i forgot black boys leave that way too.

have i spent too much time worrying
about boys killing each other & being killed

that i forgot the ones who do it
with their own hands? is that not black

da lenda deles? não tenho mais
espaço pro luto.

agora está em todo lugar.
ouça minha risada

& se você prestar atenção
escutará um velório.

    / /

previsão: o policial andará solto
previsão: o menino ainda estará morto

    / /

pra começar de novo eu daria minha língua
a língua de um policial também.

    / /

um menino com quem fui menino tirou a própria vida.
esqueço que meninos negros também partem desse jeito.

gastei muito tempo me preocupando
com meninos matando uns aos outros & sendo mortos

que eu esqueci aqueles que fazem isso
com as próprias mãos? isso não é o preto

on black violence? a mother tucks her son
into earth, is it not the same plot?

i have no words to bring him back, i am
not magic enough. people at the funeral

wondered what made him do it. people said
he saw something. i think that's it. he saw something

what? the world? a road?

trees? a pair of ivory hands?

      his reflection?

his son's?

      a river saying his name?

contra o preto? uma mãe enfia seu filho
terra adentro, não é o mesmo enredo?

não tenho palavras pra trazê-lo de volta, não
sou feiticeiro o bastante. as pessoas no funeral

pensavam o que o levou a fazê-lo. as pessoas disseram
ele viu algo. acho que é isso. ele viu algo

o quê? o mundo? uma estrada?

árvores? um par de mãos de marfim?

o reflexo dele?

do filho dele?

um rio dizendo o nome dele?

A NOTE ON THE BODY

your body still your body
your arms still wing
your mouth still a gun

     you tragic, misfiring bird

you have all you need to be a hero
don't save the world, save yourself

you worship too much & you worship too much

when prayer doesn't work: dance, fly, fire

this is your hardest scene
when you think the whole sad thing might end

but you live   oh, you live

everyday you wake you raise the dead

     everything you do is a miracle

UMA NOTA SOBRE O CORPO

teu corpo ainda teu corpo
teus braços ainda asas
tua boca ainda uma arma

    você, trágico pássaro engasgado

você tem tudo que precisa pra ser um herói
não salve o mundo, salve a si mesmo

você venera demais & você venera demais

quando orar não funciona: dança, voa, atira

esta é a sua cena mais difícil
quando você pensa que toda essa coisa triste pode acabar

mas você vive   oh, você vive

você acorda todos os dias você levanta os mortos

       tudo o que você faz é um milagre

YOU'RE DEAD, AMERICA

i fed your body to the fish
traded it at lunch for milk

i know where they buried you
'cause it's my mouth

they tell me *bootstraps*
& i spit up a little leather

they tell me *Christ*
but you don't have black friends

during the anthem
i hum "Niggas in Paris"

i cha cha slide over the flag
c-walk on occasion

i put a spell on you
it called for 3/5s of my blood

apple pie, red
bones & a full moon

but instead i did it
in the daylight, wanting you

VOCÊ ESTÁ MORTA, AMÉRICA

eu alimentei o peixe com teu corpo
troquei ele no almoço por leite

eu sei onde eles te enterraram
porque é minha boca

eles me falam *vai na fé*
& eu cuspo um pedaço de couro

eles me falam *Ai Jesus*
porém você não tem amigos negros

durante o hino
eu sussurro "Niggas in Paris"

deslizo um chá-chá-chá sobre a bandeira
passinho do terceiro comando em boa hora

joguei um feitiço em você
custou 3/5 do meu sangue

torta de maçã, ossos
vermelhos & lua cheia

mas, em vez disso, fiz
à luz do dia, querendo que você

to see me ending you
stupid stupid me

i know better than to fuck
with a recipe

i don't make chicken
when i don't have eggs

look at what i did: on the tv
the man from tv

is gonna be president
he has no words

& hair beyond simile
you're dead, america

& where you died
grew something worse —

crop white as the smile
of a man with his country on his side

a gun on his other

      //

me visse acabar contigo
sou um idiota sou muito idiota

sei coisa melhor que foder
com uma receita

eu não asso o frango
quando não tenho ovos

olha pro que eu fiz: na tv
o cara da tv

vai ser presidente
ele não tem palavras

& cabelo além do símile
você está morta, américa

& onde você morreu
brotou algo pior —

aparar o branco como o sorriso
dum cara com o país ao lado dele

e uma arma no outro

        / /

tomorrow, i'll have hope

tomorrow, i can shift the wreckage

& find a seed

i don't know what will grow

i've lost my faith in this garden

the bees are dying

the water poisons whole cities

but my honeyed kin

those brown folks who make

up the nation of my heart

only allegiance i stand for

realer than any god

for them i bury whatever

this country thought it was

amanhã, terei esperança

amanhã, posso deslocar os destroços

& encontrar uma semente

eu não sei o que brotará

perdi minha fé neste jardim

as abelhas estão morrendo

a água envenena cidades inteiras

porém meus familiares melosos

aquele povo preto que constrói

a nação do meu coração

a única fidelidade que eu defendo

mais verdadeira que qualquer deus

por eles enterro o que quer

que este país pensou ser

STRANGE DOWRY

bloodwife they whisper when i raise my hand for another rum coke
　　the ill savior of my veins proceeds me, my digital honesty about what
queer bacteria dotted my blood with snake mist & shatter potions
　　they stare at my body, off the app, unpixelated & poison pretty flesh
men leave me be, i dance with the ghost i came here with
　　a boy with three piercings & muddy eyes smiles & disappears into
　　　　　　　　　　　　　　　　　　　　　　　　　　　　[the strobes
the light spits him out near my ear, against my slow & practiced grind
　　he could be my honey knight, the hand to break me apart like dry bread
there is a dream where we are horses that neither one of us has
　　for five songs my body years of dust fields, his body rain
in my ear he offers me his bed promise live stock meat salt lust brief marriage
　　i tell him the thing i must tell him, of the boy & the blood & the magic trick
me too　　his strange dowry　　vein brother-wife　　partner in death juke
　　what a strange gift to need, the good news that the boy you like is
　　　　　　　　　　　　　　　　　　　　　　　　　　　　[dying too
we let the night blur into cum wonder & blood hallelujah
　　in the morning, seven emails: meeting, junk, rejection, junk, blood
　　　　　　　　　　　　　　　　　　　　　　　　　　　　[work results
i put on a pot of coffee, the boy stirs from whatever he dreams
　　& it's like that for a while, me & that boy lived a good little life for a bit
in the mornings, we'd both take a pill, then thrash

DOTE ESTRANHO

esposa da minha laia o que sussurram quando levanto minha mão

[pra outra cuba-libre

o enfermo livrador de minhas veias vai comigo, minha honestidade

[digital sobre a qual

a bactéria transviada pontilhou meu sangue com bafo de cobra

[& poções destroçantes

olham pro meu corpo, fora do aplicativo, sem pixel, & carne fresca

[poluída

os caras me deixam em paz, danço com um fantasma, me acompanhou

um moço de três piercings & olhos lamacentos, que sorri

[& some nas estroboscópicas

a luz cospe ele perto do meu ouvido, contra minha lenta & jeitosa tentação

ele poderia ser meu doce cavaleiro, a mão pra me partir como pão seco

há um sonho em que somos os cavalos que nenhum de nós tem

por cinco canções anos do meu corpo em campos de pó, o corpo dele chove

no meu ouvido ele me oferece a promessa de cama rebanho vivo

[carne sal luxúria breve casamento

eu digo a ele o que devo dizer, sobre o menino & o sangue

[& o truque de mágica

me too   teu estranho dote   veia esposa-irmão   parceiro de morte na

[balada

que estranha dádiva a se desejar, a boa notícia é que o garoto

[de quem você gosta está morrendo também

185

deixamos a noite manchar em maravilha de porra & aleluia em sangue

pela manhã, sete e-mails: encontro, lixo, rejeição, lixo,

[resultado dos exames de sangue

ponho um bule de café, o garoto se agita com o que quer que ele sonhe

& é assim por um tempo, eu & aquele garoto vivemos um

[pedacinho duma boa vida

pela manhã, nós dois tomamos o remédio, depois nos açoitamos

TONIGHT, IN OAKLAND

i did not come here to sing you blues.
lately, i open my mouth

& out comes marigolds, yellow plums.
i came to make the sky a garden.

give me rain or give me honey, dear lord.
the sky has given us no water this year.

i ride my bike to a boy, when i get there
what we make will not be beautiful

or love at all, but it will be deserved.
i've started seeking men to wet the harvest.

come, tonight i declare we must move
instead of pray. tonight, east of here

two men, one dressed in what could be blood
& one dressed in what could be blood

before the wound, meet & mean mug
& God, tonight, let them dance! tonight

guns don't exist. tonight, the police
have turned to their God for forgiveness.

ESTA NOITE, EM OAKLAND

não vim até aqui pra cantar blues.
ultimamente, eu abro minha boca

& saem malmequeres, ameixas amarelas.
eu vim pra fazer do céu um jardim.

dai-me chuva ou dai-me mel, ó senhor amado.
o céu não nos deu água este ano.

rodo de bike até um garoto, chegando lá
o que faremos não será bonito,

ou mesmo amor, mas há de ser merecido.
tenho buscado homens pra regar a safra.

vem, esta noite declaro, devemos nos mexer
em vez de orar. esta noite, a leste daqui,

dois caras, um que se veste com o que poderia ser sangue
& um que se veste com o que poderia ser sangue

antes do ferimento, encontra & cara de cu
& Deus, esta noite, deixe eles dançarem! esta noite

armas não existem. esta noite, a polícia
voltou-se pro seu Deus em busca de perdão.

tonight, we bury nothing, we serve a God
with no need for shovels, God with a bad hip

& a brother in jail. tonight, prisons turn to tulips
& prisoner means *one who dances in a yellow field.*

tonight, let everyone be their own lord.
let wherever two people stand be a reunion

of ancient lights. let's waste the moon's marble glow
shouting our names to the stars until we are

the stars. O, precious God! O, sweet black town!
i am drunk & i thirst. when i get to the boy

who lets me practice hunger with him
i won't give him the name of your newest ghost

i will give him my body & what he does with it
is none of my business, but i will say *look*

i made it a whole day, still, no rain
still, i am without exit wound

& he will say *tonight, i want to take you*
how the police do, unarmed & sudden.

190

esta noite, não sepultamos nada, servimos Deus
sem precisar de pás, Deus com anca dura

& um mano na cadeia. esta noite, as prisões se tornaram tulipas
& prisioneiro quer dizer *o que dança em um campo de amarelos.*

esta noite, que todos sejam seu próprio senhor.
onde quer que se encontrem duas pessoas, há de ser reunião

de luzes ancestrais. vamos dilapidar o brilho marmóreo da lua
gritando nossos nomes pras estrelas até sermos

as estrelas. Ó, precioso Deus! Ó, doce cidade negra!
estou bêbado & tenho sede. quando eu me achegar no garoto

que me deixa exercitar fome com ele
não vou dar-lhe o nome do teu fantasma mais novo

vou dar-lhe o meu corpo & o que ele fará com isso
não é da minha conta, porém direi *olha,*

aguentei o dia todo, e ainda não choveu
o tiro ainda não atravessou a ferida

& ele dirá *esta noite, eu quero te pegar*
como faz a polícia, desarmado & de súbito.

LITTLE PRAYER

let ruin end here

let him find honey
where there was once a slaughter

let him enter the lion's cage
& find a field of lilacs

let this be the healing
& if not let it be

PEQUENA PRECE

que a ruína acabe aqui

que ele encontre mel
onde já foi chacina

que entre na cova do leão
& encontre um campo de lilases

que essa seja a cura
&, se não, que assim seja

DREAM WHERE EVERY BLACK PERSON IS STANDING BY THE OCEAN

& we say to her

what have you done with our kin you swallowed?

& she says

that was ages ago, you've drunk them by now

& we don't understand

& then one woman, skin dark as all of us

walks to the water's lip, shouts *Emmett*, spits

&, surely, a boy begins

crawling his way to shore

SONHE ONDE TODA PESSOA NEGRA ESTÁ DE PÉ JUNTO AO OCEANO

& dizemos a ela

o que você fez com nossos parentes que engoliu?

& ela diz

isso foi tempos atrás, vocês já beberam

& nós não entendemos

& então uma mulher, de pele escura como todos nós,

caminha até a beira da água, grita *Emmett*, cospe

&, seguramente, um garoto começa

a engatinhar rumo à costa

NOTAS (DANEZ SMITH)

"verão, algum lugar", no original, toma emprestada a linguagem de Erykah Badu em "Jump Up in the Air (Stay There)", de Lucille Clifton em "won't you celebrate with me" & de Ocean Vuong em "Homewrecker".

"imprudentemente" é para Michael Johnson, que está preso por, supostamente, não divulgar o seu status de hiv positivo para parceiros sexuais. Esse poema, no original, usa versos de Beyoncé, Alicia Keys, Lauryn Hill, Whitney Houston & Jodeci. Na mesma série, o poema que começa com "em nosso sangue" convoca a inspiração & a linguagem de Jericho Brown.

"ladainha com sangue por todo lado" acontece a partir de "Litany in Which Certain Things Are Crossed Out" de Richard Siken.

"começou bem aqui" toma o título & o primeiro verso da peça *Mirrors in Every Corner* de Chinaka Hodge.

"ressaca de sangue" rasura "Love Hangover" de Diana Ross.

NOTAS DA TRADUÇÃO

summer, somewhere / verão, algum lugar [página 13]

"playing the dozens" é uma brincadeira muito específica das comunidades negras estadunidenses. O jogo consiste em uma troca de insultos, cujo objetivo é gerar a desistência de um dos participantes. Os comentários do jogo se concentram na inteligência, na aparência, na competência, no status social e na situação financeira do jogador oposto. Comentários desagradáveis sobre os membros da família do outro jogador são comuns, especialmente sobre as mães. Não há uma correspondência exata da brincadeira no contexto brasileiro, contudo optou-se por "caçoada", emprestando certo ar anacrônico, dado que, conforme postulam alguns teóricos, o termo "the dozens" tem origem no comércio de negros escravizados em Nova Orleans. Pode-se dizer que o comportamento em batalhas de rap é oriundo desse ambiente.

this is how we are born: come morning /
assim nascemos: ao raiar do dia [página 15]

"cypher" é um termo comum para quem frequenta ambientes ligados ao hip-hop. Consiste na apresentação de rimas improvisadas com uma base de fundo tocada em looping, variando entradas e saídas dos rappers ou mcs de batalha. Embora o termo seja reconhecível para quem frequenta o gênero musical e as estratégias empregadas na cultura hip-hop, traduzo por "roda de rima" que é termo comum e há similaridade contextual com o "cypher".

"Trap God" foi uma faixa lançada por Gucci Mane e, dado o sucesso, foi replicada como termo de ação por inúmeros rappers ao longo dos anos. Há, ainda, um outro aspecto que é evidenciar a figura que tem poder de mando no comércio de drogas em uma área específica o que chamaríamos, no Brasil, de "patrão". Optei por trocar pela faixa "Vida Loka" dos Racionais MC's, já que traz não apenas o caráter de "hino", mas também uma letra que, de modo geral, entrega uma narrativa aparentada a certas proposições da ideia original.

Ao longo da obra, em inúmeros poemas, uma série de nomes são arrolados, como os que constam nesta breve nota. No presente caso, trata-se de Trayvon Martin, alvejado pelo segurança George Zimmerman, na noite de 26 de fevereiro de 2012. "RainKing", por sua vez, é termo intraduzível por se tratar de uma alcunha e compor uma relação com "ranque" de "ranking", estabelendo uma ligação com estatísticas de jovens negros mortos nos EUA. O outro nome faz referência a Sean Bell e a dois de seus amigos que foram alvejados por policiais, em Nova York, no Queens, em novembro de 2006, na manhã anterior ao seu casamento, com uma bateria de cinquenta tiros disparados pela polícia novaiorquina.

sometimes a boy is born / às vezes um menino nasce [página 17]

"naps", por extensão "nappy", faz referência, neste caso, aos cabelos crespos e encaracolados dos negros. Termo de uso sistemático no *black english*.

dear air where you used to be, dear empty Chucks /
caro ar por onde você andou, caro All Star vazio [página 19]

"chucks" faz referência aos tênis do tipo converse. Traduzi por "All Star", dado que o nome da marca é mais conhecido por aqui.

Para traduzir "sprinkler dancer", optou-se por "regador bailarino", já que faz referência àqueles regadores de jardim. Contudo, nesse passo, perde-se a ideia de "sprinkler dance", uma espécie de movimento de dança, mais ou menos ridículo, que consiste em colocar a mão atrás da cabeça e fazer movimentos com o braço imitando, afinal, um regador.

just this morning the sun laid a yellow not-palm /
hoje de manhã o sol pôs uma não palma amarela [página 20]

"(...) hurt more / than me hands, ain't asking no mo' hands": aqui há uma mudança dialetal marcada por um registro tomado do *black english*. Escolho, por não haver uma regulação linguística em termos de unidade de uso no português brasileiro, uma construção enviesada na sintaxe à feição de Guimarães Rosa, no caso: "doem mais / que estas mãos, nem não peço mais mão não".

do you know what it's like to live /
você sabe de fato as vias de viver [página 23]

"we safe", mais uma vez, implica numa mudança dialetal recorrente no uso do *black english*. A construção habitual se dá como "we are safe", traduzida por um registro próximo da fala corrente, como: "tamo salvo".

i loved a boy once & once he made me /
amei um garoto uma vez & uma vez ele me fez [página 25]

'Tims' é uma abreviação comum para designar as Timberland Boots, marca de botas bastante usadas nas comunidades negras estadunidenses. Opto pelo termo geral "botas", já que não há equivalência no Brasil.

last night's dream was a red June /
esta noite sonhei um junho vermelho [página 29]

"fingers stained / piff green with stank": existe uma dupla implicação aqui. Se por um lado há referência ao uso de maconha, uma qualidade específica de forte odor e potência narcótica, há também, ao longo do poema, o aspecto do rito de passagem das idades, uma saída do tempo imaturo, infantil, para certo circuito de amadurecimento. Manter todos os registros, naturalmente, não foi tarefa fácil. Traduzi, então, por "dedo amarelo / na marola do verdinho", privilegiando o uso da planta. Há inúmeras expressões, em contexto brasileiro, para qualificar a maconha. Escolho o "verdinho" pareando o "green", trazendo o efeito de sinestesia do cheiro com "marola", criando jogo com a ambientação de praia do poema.

if we dream the old world / se sonharmos o velho mundo [página 31]

"crush": embora seja um termo bastante naturalizado em certo circuito geracional no Brasil, preferi evitar a utilização de anglicismos. Como era necessário manter a simetria do uso dos artigos, escolhi "um paquera", que, que também traz certa rotina da língua em seu uso comum de fala corrente.

dear white american / cara américa branca [página 55]

"amber alerts" é uma mensagem distribuída por um sistema de alerta de sequestro de crianças para pedir ajuda ao público para encontrar crianças desaparecidas. Originou-se nos Estados Unidos, em 1996, e, ao que se sabe, não há sistema equivalente no Brasil; muito embora, rotineira-mente, crianças brasileiras desapareçam e, eventualmente, criem-se cam-panhas de busca.

dinosaurs in the hood / os dinos da rua [página 59]

"dinosaurs in the hood" faz referência direta ao filme "Boyz n the Hood", traduzido no Brasil como *Os donos da rua*, por isso traduzi o título do poema como "os dinos da rua". O mesmo ocorre com os demais títulos arrolados logo no início do poema. *Friday*, por exemplo, ganha aqui o título de *Sexta-feira em apuros*. Os demais títulos são facilmente reco-nhecíveis.

Traduzi "toy dinosaur" por "dino papa tudo", que é um dinossauro de brinquedo comercializado no Brasil com esse nome. Além de imprimir um tom mais infantil e com alguma graça, considerando o humor do poema em sua entrada, relaciona-se também à leitura de Danez quando performa este texto.

last summer of innocence / último verão de inocência [página 67]

"n 'nem" é uma espécie de forma abreviada, quase uma gíria para "and them".

a note on Vaseline / uma nota sobre Vaselina [página 71]

"rebuilding how Sherrie bent / over in math": um trecho de difícil tradução sem alargar demasiado o verso. Há um contexto escolar no poema, como se pode notar, daí usar a expressão "desdobrou-se em matemática", em modo de elipse, mantendo em certa medida o verbo e não perdendo de todo a disciplina. Algo parecido ocorre com "gym class" que para nós equivale dizer a "educação física".

O nigga O / Ó negão Ó [página 81]

"the word escaping his Georgia mouth to my yank ear": aqui, há uma implicação cultural na expressão. Enquanto "Georgia mouth" faz referência aos modos do Sul, "yank", abreviatura de "yankee", carrega os modos do Norte dos Estados Unidos da América. Escolhi uma marcação geográfica menos específica para a oposição Sul/Norte, resolvida da seguinte maneira: "a palavra que escapa das bocas do sul pra minha escuta lá do norte". Imprimo, ainda, no campo rítmico, células métricas que sobrecarregam os sentidos da enunciação. Enquanto "a palavra que escapa das bocas do sul" tem andamento ternário, em uma consecução de anapestos, "pra minha escuta lá do norte" tem andamento binário, numa sucessão de jambos. A mudança, ainda que sutil, do elemento rítmico semantiza o jogo prosódico da fala para a escuta.

at the down-low house party / na choppada dos discretos [página 85]

"down-low" é uma gíria que, originalmente, designa homens que se identificam como heterossexuais, mas dormem com outros homens em segredo. Um dos termos usuais, inclusive utilizado em aplicativos de encontro, é: "discreto". "house party", conforme a narrativa do poema, bem como certas nuances apontadas em outros, pode ser lida na chave das festas de república, por exemplo. Por essa razão, optei por "choppada", indicando um tipo de festa universitária que ocore aqui.

recklessly / imprudentemente [página 99]

Em "recklessly", há um trecho de difícil tradução nos jogos propostos pelo uso do termo "cell", quando se pensa nas equivalências entre "células" & "cela". Dedicado a Michael Johnson, preso sob acusação de disseminar aids sem avisar os parceiros sexuais, as implicações geradas na recorrência de "cell" são determinantes no poema. Diante da impossibilidade de responder adequadamente a todas as nuances, repliquei o plano "célulacelas" sonoramente, coalhando o poema de rimas internas e de estratégias possíveis de adequação. Há, ainda, outra sorte de elementos no poema, tais como trechos de letras de músicas citadas, gerando outra impossibilidade contextual. Ainda, a expressão: "don't ask. don't tell", que faz alusão às políticas militares estadunidenses no que concerne a um tipo de comportamento diante de homossexuais e bissexuais, sejam homens ou mulheres, com algo do tipo: "se ninguém perguntar, ninguém dirá nada". Opto por uma ocorrência mais próxima da fala corrente com "deixa quieto, não fala nada", empregando um tom passivo-agressivo. Por último, neste poema, há também uma alusão bíblica em "shall not lie (with mankind)", citando Levítico, 18:22. Por isso, mantive o jogo "man/mankind", com o plano de manter interdito o "não deitar com homens", bem como a alusão ao nono mandamento.

crown / coroa [página 133]

"chitlin' circuit" [circuito de chitlin] é o nome coletivo dado aos locais de apresentação seguros e aceitáveis para músicos, comediantes e outros artistas afro-americanos, em todas as áreas do leste, sul e centro-oeste dos Estados Unidos, onde se apresentavam durante a era da segregação racial nos Estados Unidos (de, ao menos, início do século XIX até a década de 1960).

1 in 2 / 1 em cada 2 [página 149]

"CCD" – acrônimo para Centro de Controle de Doenças.

you're dead, america / você está morta, américa [página 179]

"bootstraps" é uma referência bastante estadunidense; a noção de "puxar-se pelas suas próprias botas" conota autoconfiança, fazer o seu próprio caminho, viver o sonho americano. Usei o corriqueiro "vai na fé!" como marca de incentivo.

"C-Walk", conforme marcado no poema, é um passo de dança. No caso, faz referência aos Crips, uma gangue. Embora o texto tenha forte carga de signos, discutindo aspectos culturais estadunidenses, cedi à tentação de colocar a coreografia em um plano contextualizado, apontando o conhecido "passinho" do funk carioca, associando-o ao "terceiro comando".

O CORPO NEGRO *QUEER* COMO LUGAR DO POEMA. COMO POEMA.

Ricardo Aleixo

1

A voz enquanto *escrita* e a escrita, na superfície silenciosa da página, como um *lugar de passagem* para um desrecalque da vocalidade que a estrutura, em lances sintáticos vertiginosos, enunciadores do ponto de vista descentrado, em contínua movência, de uma pessoa-poeta que, para falar a partir de sua tripla condição de "negro", "não-binário" e "soropositivo", lança mão de um eu lírico abrangente, expansivo, conectado à vida das comunidades das quais faz parte: eis o que traz de mais impactante, a meu verouvir, este *Não digam que estamos mortos*, primeiro livro em "brasileiro" (ou "pretoguês", para lembrar a pensadora e militante negra Lélia Gonzalez) de Danez Smith. Ressalte-se, de saída, o empenho do poeta e tradutor André Capilé na recriação de textos imageticamente fortes e repletos de expressões coloquiais.

2

Começo pelo começo. Li no jornal londrino *The Guardian* que Danez cresceu numa família batista em St. Paul, Minnesota, o que já explica, em parte, o seu interesse pela palavra em situação de performance. Como se sabe, as igrejas protestantes têm sido, desde sempre, o espaço de primeiro contato com a música e a palavra entoada para diferentes gerações de artistas e políticos estadunidenses – fato que se reflete tanto no fraseado do sax de John Coltrane, na limpidez e na afinação do canto de Sarah Vaughan, na dicção de Paul Robeson, quanto nos discur-

209

sos improvisados de Luther King e de Malcom X, sem esquecer a prosa de Toni Morrison e a poesia de Maya Angelou, entre outras centenas de possíveis exemplos.

Danez Smith, que se via como "uma criança negra, esquisita e temente a Deus", gostava de ouvir as conversas e as histórias contadas pelos familiares e pelas pessoas amigas que frequentavam sua casa, interessado mais no "jeito de falar" da gente adulta do que nos assuntos de que tratavam (na maioria das vezes, questões da igreja), e amava os sermões de domingo. Sua explicação para esse amor pela vocalização dos textos sagrados nos ajuda a pensar na complexa trama que se estabelece entre palavra, voz, gesto, espaço e audiência no âmbito das performances – religiosas ou artísticas – afro-diaspóricas: "Há momentos, numa igreja batista, em que o pastor fica preso no espírito... Acho que é isso que estou tentando fazer. Eu só tenho que tirar isso. Apenas deixe-me tirar isso".

O que se fala, aí, é da coextensividade entre os elementos que constituem performance. Esse "espírito", afinal, pode ser a própria palavra, que, para nós, das "Áfricas espalhadas", para usar o termo cunhado pela antropóloga Sheilah Walker, é viva, tem calor, é sagrada, é corpo dentro de outro corpo e, portanto, precisa sair. Basta assistir a uma única das inúmeras apresentações públicas de Danez disponibilizadas no youtube para entender o modo como se organiza em seu corpo um requintado e ao mesmo tempo simples processo de criação intersemiótica no qual tudo conversa com tudo, nada é acessório. As tatuagens no braço da pessoa-poeta, sua voz grave e muito bonita que se alterna entre diferentes tons, cadências e intensidades, seu cabelo, as roupas que usa, o *piercing* na narina direita, seu impressionante jogo de expressões faciais, o, digamos assim, verdadeiro tratado de economia gestual que são os meneios com que enfatiza uma e outra passagem do seu palavreado, sua respiração – tudo se converte em texto. Não é à toa que na entrevista ao *The Guardian* Smith dispara esta boutade: "I don't like my poems enough... my body is my poem".

3

Refletir sobre o corpo negro em performance é muito importante para se entender este livro de Danez Smith como uma espécie de partitura básica, no sentido de essencial, a partir da qual se abrem múltiplos caminhos no âmbito da cena. E não porque seja desprovida de valor quando lida em silêncio. Apenas destaco o fato de que esta poesia parece nos lembrar, a todo tempo, que por serem organismos vivos, as palavras guardadas nos livros precisam respirar – e aqui é quase óbvia a analogia com a situação das vidas negras em contexto global (e não apenas nos Estados Unidos da tenebrosa "Era Trump"), dramaticamente resumida pela frase "I can't breathe".

4

Antes de entrar na questão dos poemas propriamente escritos, chamo a atenção para mais um fragmento da entrevista que mencionei, o qual diz respeito à importância atribuída por Danez Smith à ideia de comunidade: "Você não tem o luxo de ser um indivíduo", afirma taxativamente, com base na premissa de que "ser negro, *queer* ou pobre – ser um indivíduo sempre significou a morte para nós. Ser mulher sozinha é perigoso – ensinamos isso às nossas filhas, ensinamos isso aos negros. Nossa libertação vem através da comunidade, organização, coletivização. Individualidade significou estar abandonado. A individualidade é um privilégio, certo? As únicas pessoas que podem pensar em si mesmas como separadas das outras pessoas que tornaram suas vidas possíveis são os caras brancos heterossexuais".

É interessante constatar que tal reflexão nos é proposta não por alguém que se vê excluído pelo sistema artístico do país onde vive, mas por uma pessoa-poeta que se encontra em uma etapa já bastante destacada de sua trajetória artística, isto é, lá naquele entrecho mais promissor de uma carreira profissional em que tantos e tantas deixam de cultivar o senso de pertença em relação à sua comunidade de origem e às comunidades imaginadas, projetadas e firmadas ao longo da vida, e se entregam aos jogos de ilusionismo difundidos e controlados pelo Deus Mercado.

5

E assim chegamos, enfim, aos poemas que compõem este livro, a todos os títulos admirável. Cada verso, aqui, pode ser lido como a reiteração de um alerta sobre a experiência da juventude negra de um país (a "América" – mito de fundação que não é questionado nem mesmo pelos setores progressistas da política e da cultura estadunidense) que aprimora e exporta modelos de genocídio e de encarceramento em massa da população "afro-americana". A boa surpresa é que os poemas de Danez Smith, para quem "todo poema é político", nada têm a ver com o típico panfleto militante disfarçado de "poema político" que grassa, creio que no mundo todo, nas rodas de Slam e, entre nós, nos saraus e nas redes sociais.

Versemaker de muitos recursos, Danez, sabe-se lá se conscientemente, organiza a mancha gráfica de seus textos de um jeito "não-binário". Dito de outro modo, em meio a poemas de extensões variadas, encontram-se alguns textos com espacialização e, por vezes, cadência "de prosa", como o impressionante "cara américa branca": "(...) eu tentei, gente branca. tentei branquelos, mas passaram o funeral do meu mano fazendo planos prum cafezinho, falando alto demais ao lado de seus ossos. vocês deram uma olhada no rio o inchado feito o corpo do menino depois da menina & da bofinha & perguntam: *por que é que é sempre uma questão de raça?* porque vocês insistem que seja sempre assim! porque você marcou um asterisco no rosto lindo da minha irmã! chamou-a de bonita (pra uma garota negra)! porque cargas d'água meninas negras desaparecem sem nenhum sussurro?! porque não há *amber alerts* para meninas de pele âmbar!".

Prova da densidade lírica alcançada por Smith em muitos momentos é o bonitíssimo poema "& até perfis de caras negros dizem *desculpe, não aceito negros*", que reproduzo na íntegra, ainda para frisar a opção da pessoa-poeta em tela por borrar as fronteiras entre a poesia e a prosa (com o monólogo teatral de permeio): "imagina uma tulipa, ao ver um jardim cheio de tulipas, a derramar suas pétalas com nojo, em prece pra que alguma abelha pouse seu pólen em uma roseira. imagine sombras desejando uma sala com luz por todo canto. você olha no espelho & vê um homem que te recusa o amar. criancinha dormindo perto do Omo, sonhando com bolhas de sabão & leite, se ninguém te disse, você é magnífico & amável & negro & basta & então – você lindo você – sou eu".

A terceira seção do poema "imprudentemente" é mais um exemplo de uso competente da espacialização mais afeita a textos em prosa. Como que a assinalar a já aludida dimensão partitural de seus escritos, Danez separa os versos com barras, numa espécie de prefiguração do gesto a ser materializado no espaçotempo único e irrepetível de possíveis futuras performances: "cantando imprudentemente fora da garganta / de um menino, dirige imprudente com as mãos / de um menino, deito minha boca num homem / como você deita um menino / na cama / arruína um menino como um menino / corre imprudentemente / na chuva na Páscoa branca / como os meninos / comem imprudentemente com a fome / de um menino, louva imprudentemente o que estava próximo / ajoelhado / imprudentemente com os joelhos de um menino".

Teço essas rápidas considerações de ordem técnico-formal sem qualquer pretensão de esgotar o assunto (fico com Paul Zumthor que afirma, no clássico *A letra e a voz – A literatura medieval*, que "'é poesia' aquilo que o público, leitores ou ouvintes, recebe como tal, percebendo e atribuindo a ela uma intenção não exclusivamente referencial, em certo tempo e lugar") porque me senti provocado pela singularidade do projeto criativo de Danez Smith, que em inúmeros outros poemas demonstra grande aptidão para o manejo sensível do espaço gráfico, em íntima articulação com as microestruturas sonoras de seus textos – isso a que apenas um número ínfimo de poetas tem dedicado atenção nesta nossa época novidadeira, apressada e distraída.

Estou certo de que aos olhos e ouvidos brasileiros, ainda refratários a projetos poéticos em que se enlacem, com radicalidade, premissa ética e ousadia estética, fará bem este contato inicial com a obra de Danez Smith. Poemas como o impressionante "não vai ser uma bala", com que encerro estas anotações, têm muito o que oferecer a quem quer que se dedique a fazer da luta contra o racismo um compromisso com a hipótese de um futuro para a espécie autodenominada humana e para as demais espécies:

não vai ser uma bala

virando uma luazinha — incandescente em mim uma noite.
deus, graças. posso ir em silêncio. o doutor explicará a morte
& eu vou praticar.

no catálogo das maneiras de matar um menino negro, encontre-me
enterrado por entre as páginas grudadas
com marcador vermelho. irônico, previsível. olha pra mim.

não sou o tipo de homem negro que morre nas notícias.
sou do tipo que cresce fino & fino & fino
até que a luz nos supere, & nos tornemos isto, família
junta em volta de meu corpo escasso dizendo-me que eu vá
em direção a mim mesmo.

Ricardo Aleixo é poeta, artista sonoro/visual e pesquisador intermídia.

AGRADECIMENTOS

Meus agradecimentos aos editores & à equipe das publicações nas quais as versões anteriores destes poemas apareceram:

Alice Blue Review, Ampersand Review, At Length, Blue Shift, BuzzFeed Reader, Granta, Gulf Coast, HEArt Journal, HocTok, IDK Magazine, Linebreak, Lit Hub, Narrative, The Paris-American, PEN America, Poetry, Prairie Schooner, Quarterly West, The Rumpus, Split This Rock's Poem of the Week, Vinyl Poetry.

"dear white america" [cara américa branca] & "dinosaurs in the hood" [os dinos da rua] apareceram em *The BreakBeat Poets: New American Poetry in the Age of Hip-Hop* (Haymarket Books, 2015).

"last summer of innocence" [último verão de inocência] foi selecionado por Natasha Trethewey para *The Best American Poetry 2017* (Scribner, 2017).

"tonight, in Oakland" [esta noite, em Oakland] foi lançado no programa Poetry Now, da Poetry Foundation, & publicado em seu website.

Poemas deste manuscrito foram premiados no Concurso Avery Hopwood & Julie Hopwood de 2016 na Universidade de Michigan.

Alguns desses poemas foram incluídos na plaquete *black movie* (Button Poetry, 2015).

/ /

Obrigado, Deus.

Obrigado Chris Abani por abençoar este livro em seu início. Agradeço a D. A. Powell & Tracy K. Smith por abençoá-lo ao longo do percurso.

Obrigado Jeff Shotts & toda equipe da Graywolf por sua visão, apoio & trabalho brilhante.

Obrigado Parisa Ebrahimi & equipe da Chatto & Windus por seu apoio & visão na edição inglesa.

Agradeço a Don Share & The Poetry Foundation, a McKnight Foundation, a Bao Phi & The Loft Literary Center, a Millay Colony for the Arts, a Cave Canem & VONA pelo fortíssimo apoio, amor, encorajamento & crença na necessidade da poesia.

Agradeço a faculdade & escritores do MFA Program da Universidade de Michigan.

Obrigado, Fatimah Asghar, Hieu Minh Nguyen, Cam Awkward Rich & sam sax, pela leitura desses poemas em suas formas mais infantis & vulneráveis: vocês também são seus autores. Amo vocês imensamente.

Obrigado aos poetas & parentes de outro mundo que me mantêm à tona e vivo: Tish Jones, Nate Marshall, Jamila Woods, Franny Choi, Aaron Samuels, Angel Nafis, Morgan Parker, Derrick Austin, Airea D. Matthews, Phillip B. Williams, L. Lamar Wilson, Britteney Black Rose Kapri, Charif Shanahan & Saeed Jones.

Obrigado, meus grandes amigos: Thiahera Nurse, D'Allen White, Krysta

Rayford, Kamia Watson, Cydney Edwards, Sofia Snow, Karl Iglesias, Dominique Chestand & Kelsey Van Ert.

Obrigado, Chris Walker, Amaud Johnson, Jan Mandell & Patricia Smith, meus eternos professores. Cada poema que escrevo é codificado por suas lições.

Obrigado, Blaire White, meu melhor amigo e ás. Obrigado por me amar, apesar de odiar poesia.

Agradeço à minha família incrível, aos Smiths, Henrys & Pattersons. Obrigado, mãe, você é minha heroína número um & minha professora do bem. Obrigado, pai, por me transmitir a poesia de seu sangue. Sou agradecido a vocês que conseguiram fazer de um acidente uma vida de amor e apoio.

Obrigado, leitor/a. Isso é seu, agora.

AGRADECIMENTOS DO TRADUTOR

Agradeço, sem modos de hierarquia, às pessoas com quem travei contatos & afetos ao longo do processo de entrar na língua-mundo de Danez Smith. Antes, e sobretudo, ao paciente e atencioso trabalho editorial da Bazar do Tempo nas figuras de Ana Cecilia Impellizieri Martins, Catarina Lins e Maria de Andrade, não apenas pela confiança, mas pela liberdade de tratamento no percurso da tradução. Agradeço, ainda, ao minucioso trabalho de Daniel Persia e Lara Norgaard durante a revisão técnica. Aos amigos & às amigas que perturbei ao longo dos meses, nomeados aqui & agora, meu total reconhecimento de que não seria possível sem vocês: Guilherme Gontijo Flores, meu professor, bem como Nina Rizzi & Sergio Maciel, minha grande parceria no corpo editorial da *Escamandro* e nas escutas presentes. Beatriz Bastos, Erika Muniz, Fábio Andrade, Laura Assis, Lia Duarte Mota, Leo Gonçalves, Louise Furtado, Lubi Prates, Moisés Nascimento, Prisca Agustoni, Otávio Campos, Rafael Mendes & Ricardo Domeneck, atenciosos em dúvidas pontuais nos circuitos mais específicos, nos giros da língua e no uso localizado de gírias e turnos de expressão. Agradeço, ainda, a Paulo Henriques Britto por cada vez que solucionou uma dúvida arrancada do galho. Finalmente, fico grato imenso à minha mãe pelo apoio irrestrito e também à Giuliana Barbosa, mãe da Gaia, minha filha, por cuidar da mamífera.

Este livro foi editado pela Bazar do Tempo
na cidade de São Sebastião do Rio de Janeiro
e impresso em papel pólen soft 80g/m² pela gráfica Margraf,
em novembro de 2020. Foram usadas as fontes Akhand,
de Satya Rajpurohit e Amster, de Francisco Gálvez.